\ 倒數計時！/
學科男孩⑦

戀愛與突發事件委員會！

一之瀨三葉・著
榎能登・繪
王榆琮・譯

時報出版

目錄

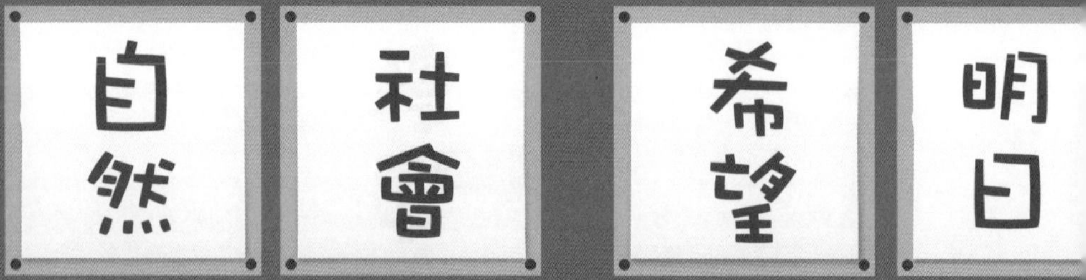

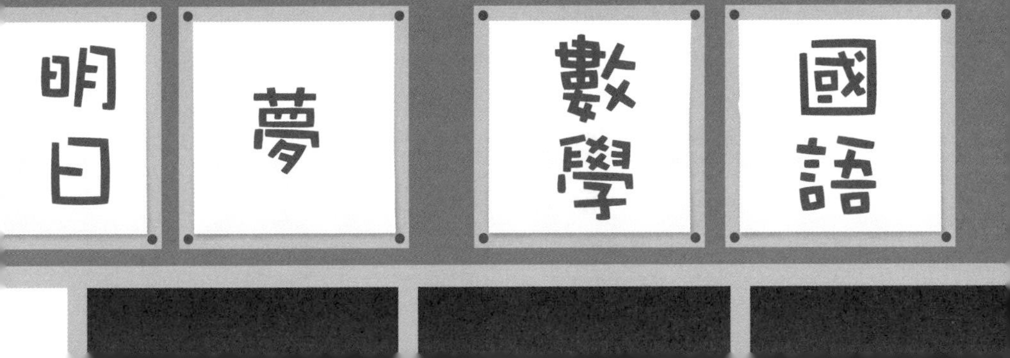
國語
數學
夢
明日

人物介紹

姓名 **花丸圓**

小學 6 年級。雖然努力讀書，
但成績一直不太理想會。

姓名 **數學計**

小學 6 年級男孩。誕生自數學課本，
言行有一點粗魯。

姓名 **國語詞**

小學 6 年級男孩。誕生自國語課本，
個性體貼又可靠。

姓名 **自然理**

小學 6 年級男孩。誕生自自然課本，
非常喜歡動物和植物。

姓名 **社會歷**

小學 6 年級男孩。
誕生自社會課本，
很懂歷史和地理的知識。

姓名 **安德・英語**

小學 6 年級男孩。誕生自英語課本，
目前寄宿在川熊老師家。

1 「戀愛」是什麼!?

不知不覺間，我發現自己正浮在一片霧茫茫的白色世界中。

整個人都輕飄飄的，就像是被毛巾般溫暖舒適的白雲托著身體。

這種舒服的感覺，讓我忍不住想要緊緊擁抱住。

（啊～我應該是在作夢吧？）

正當我恍惚地這麼想著的時候……旁邊卻傳來了說話聲。

『也許只有擄獲妳的心的那個學科男孩，才有可能成為人類。』

這句話就像是將我的頭團團包住一樣，不停地在腦裡旋繞著。

（嗚……頭好痛……）

我的頭像是被什麼東西箍起來般開始發痛，痛到我用雙手抱住頭。

「——小圓。」

突然間，有一個黑髮帥氣男孩出現了，那個人是小詞。

小詞穿著派對時的西裝，並且對我伸出手來。

「可以跟我談戀愛嗎？」

咦!?

談談談談戀愛!?

小詞？**你在說什麼!?**

慌忙之中，又有一個身高很高的男孩出現了，這次是小歷握著我的手。

「小圓，不然跟我談戀愛吧？」

咦!?

然後另一隻手也被有著一雙大眼睛的男孩握住了。

「圓圓，跟我談戀愛嘛。」

小……小理也變這樣！

這是怎樣！怎麼會這樣！

於是我在慌亂的狀態下，開始在這片白色的世界裡逃竄。

突然對我說這些，我不知道該怎麼辦嘛！

因為我又沒有談過戀愛！根本連戀愛是什麼都不知道！

至今為止我都是用「**比起賞花寧可吃糰子**」「**比起戀愛更想吃布丁**」的概念生活著～～！

「——小圓。」

我的身後傳來某個人的叫喚聲。

在此同時，我停下了腳步。

（奇……奇怪，為什麼腳不能動了……!?）

噗通、噗通。

隨著心跳聲越來越快，我也擔心害怕地慢慢回頭看。

是一個雙眼細長的男孩——是小計，而且正靜靜地看著我。

我正面看著他的臉龐，心跳也變得更加快速

噗通、噗通、噗通。

小計像是在笑著般，嘴角往上揚。

「……要不要跟我一起吃鯉魚啊？」

……

……蛤？

在下一個瞬間，小計的身體突然迸出白煙，然後就變成鯉魚了。

然後其他男孩也**陸續在我的面前變成鯉魚！**

「咦咦咦咦咦咦!?現在是怎麼了!?」

現在我的視線擠滿了大量鯉魚！

這未免也太莫名其妙了！誰來救救我啊！

鯉魚、鯉魚、鯉魚……？

戀愛又是什麼啊～～!?

「……欸…………欸，小圓！」

「咦!?」

張開雙眼後，才發現夢裡那些帥帥的男孩們全都湊過來，盯著我看。

「妳沒事吧？」

小計一臉擔心地問我。

我的意識還有些恍惚，揉了揉雙眼想將視線調整好。

這裡是……？應該是我家的洗臉台吧？

然後我手上拿著的是……咦？**牙刷**!?

「竟然可以刷牙刷到一半就開始打瞌睡……妳的睡相實在是有夠誇張的。」

小計用很傻眼的表情看著我。

這種丟臉的樣子被他們看到，讓害我的臉像是燒起來般地紅了起來。

「人……人家只是稍微睡著了嘛！」

我著急地挺起身子，重新開始刷牙，這時站在後面的男孩們又開始聊了起來。

「你們看吧～所以我剛才沒有說錯啊，小圓根本就睡著了嘛。」

「咦～？小計你有那樣說過嗎？我覺得你反而是我們之中最慌張的耶。」

「就是說啊，剛才小計才是最慌張的。」

「我……我才沒有慌張呢！」

「算了算了，既然小圓沒有出什麼事，那我們也不用一直窮緊張了。」

四個男孩的聲音是如此地吵鬧。

我從鏡子的反射看著他們的臉。

表情一臉不耐煩的男孩是**數學計**。

穩重地說話的黑髮男孩是**國語詞**。

悠哉地笑著的小個子男孩是**自然理**。

看起來時髦又成熟的男孩是**社會歷**。

他們全都住在我家跟我一起生活，就像是我的家人一樣……

其實，他們不是真正的人類。

因為他們都是從我的課本中誕生出來的——**「學科男孩」**。

大約七個月前，也就是在我五年級的第二學期時，遇見了這群學科男孩。

當時由於媽媽突然過世，我的情緒陷入極度低潮，他們就突然出現在我的面前。

而且還對我說：「我們就是妳的課本。」

在那之後，因為我的分數會決定他們的**壽命**，所以開始拚命努力讀書；準備運動會的練習；

在山裡迷路；一起開聖誕派對；去補習班考試；參加英語演講……

反正我就是做了一堆事情，而現在他們每個都是我最重視的存在！

為了能讓他們成為跟我一直生活在一起的家人，我也很努力地尋找達成這個目的的方法。

目前我手邊有一本很神祕的書，裡頭就藏有重要的線索，那本書的書名是《**物品寄宿生命．付喪神傳說**》。

特別是其中的某一頁，上面的字只有我才能看得到，而且還記載著與男孩們有關的祕密。

——後來在經過一陣子的努力後。

我最近又弄懂了**其中一種可以幫助他們的方法……**

「Good morning, Madoka.」

我走在早晨的學校走廊上，突然有個高大的外國男孩叫了我的名字。

他是個有著棕色頭髮和天藍色眼睛的超級大帥哥。

「啊，是安德呀！Good morning!」

他是我們學校的留學生，名字叫安德．英語。

其實安德也跟小計他們一樣，是誕生自英語課本的「學科男孩」喔！

他現在寄宿在我們班的班導川熊老師的家裡，雖然沒有跟我們住在一起，但也一樣在還是課本的時候就守護著我，**所以也是我最重視的存在**之一。

「……小圓。」

安德忽然像是確認四周沒有別人般，湊近我身旁說悄悄話。

我有些訝異地看著他，然後看到他從口袋裡，拿出手掌大小的翻譯機。

「……Regarding that matter, do you really want to keep it secret from them?」

在他說完英語後，手裡的翻譯機也跟著傳出日語：

『……關於之前的事，妳確定要對他們保守祕密嗎？』

突然聽到這句話，我不由得屏住了呼吸。

——關於之前的事。

『也許只有擄獲妳的心的那個學科男孩，才有可能成為人類。』

這是讓學科男孩成為真正人類的方法……但也只是可能而已。

是留學生交流晚會上，只有我與安德兩個人獨處的時候，由安德告訴我的事情。

可是……

「啊～嗯……我是想找時機對他們說，可是我腦裡還是有點混亂……」

話還沒說完，我就低下頭了。

（……唉，事情怎麼會變成這樣……）

當我喜歡上唯一的那個男孩，就有可能會變成真正的人類……

突然對我說這些，**讓我很煩惱耶**。

我的腦裡一片混亂，**根本不知道該如何是好**……

我雙手緊抓著裙子，這時安德將他的手放在我的肩上。

「The night is long that never finds the day.」

什麼？

我只是睜大著眼，因為完全聽不懂是什麼意思，接著翻譯機又傳出這句話的翻譯。

『無論黑夜有多長，白晝依然會到來。』

白晝依然會到來……？

安德對著滿臉疑惑的我微笑。

「這是知名劇作家——莎士比亞在自己的作品中所寫下的句子喔。」

「嗯？**什麼沙士跟什麼比鴨子**？」

在我歪著頭感到不解時，安德突然噗地笑了出來。

「哇哈哈……**沙士比鴨子**……！That's so funny…！（這句好笑……！）」

安德用快要蹲下來的姿勢不停笑著，而且雙肩還笑到不停發抖。
對了，不知道為什麼，安德的笑點很像**中年人**。
明明長得又酷又帥，卻有這麼讓人意外的一面。
……可是，**我剛才也不是故意要講中年人的笑話啊……**
安德大笑了一陣子，等緩和下來後才調整呼吸繼續說：
「『無論黑夜有多長，白晝依然會到來』是莎士比亞說的名言……意思是不管遇到多惡劣的狀況，**也一定會再度迎來光明的早晨**。」
「一定會再度迎來光明的早晨……？」
「是的。那件事根本還只在推測的階段，所以現在煩惱也無濟於事。不如趁現在發現其他更好的方法。」
「嗯……說得也是呢。」
在安德的鼓勵下，我的心情變好了一些，總算有辦法笑出來了。
不過，我的心底還是感到有些疑惑……

就在我沉默不說話時，安德急切地看著我的臉。

『如果剛才那些話讓妳覺得很困擾，那麼我向妳道歉。』

「啊……不會的，我沒事！」

我慌忙地搖頭。

安德變成人類的模樣大約只有三個禮拜的時間，而且好像曾經透過到處旅行，來尋找學科男孩的祕密。

他也告訴我學科男孩們有可能成為真正人類的重要線索。

只是那個方法，讓我現在只能獨自陷入混亂……

「……安德。那件事還是先不要告訴其他男孩好了，可不可以？等我整理好心情後，一定會向他們說明的。」

我有些膽怯地抬頭看著他。

然後——

「Yes, of course.（當然可以。）」

突然間，我眼前的視線暗了下來。

「咦!?」

心臟噗通噗通地快速跳著。

我的身體居然被環抱在安德的手臂中……！

「Don't worry. Cheer up.（別擔心，打起精神來吧！）」

親膩的聲音就在我的耳邊低語著。

雖然他說的這句話沒有透過翻譯機翻譯出來，但是體貼的心意卻傳達進我的心裡。

……是啊，安德只是想安慰我，才會擁抱我。

我知道我們是朋友，所以這是友情的擁抱……**雖然我很清楚是這麼一回事！**

「我我我……我已經沒事了！」

但這突然的擁抱讓我覺得很不好意思，所以我馬上從安德的身邊跳開。

儘管我漲紅著臉，安德的表情卻依然顯得很平靜。

嗚……對安德來說，這樣摟摟抱抱是很自然的社交動作……吧？

只有我一個人害羞地低下頭來。

安德也在不經意間跟我靠得很近……結果我們的肩膀一下子就碰在一起，然後抱在一起，嚇得我不知道該怎麼辦。

雖然小歷也是常常跟我有很多肢體接觸，但總覺得安德的情況又有點不同。

我明明知道不要太在意這種接觸……但是我想自己還不是很習慣吧。不管如何，我就是覺得害羞。

「差……差不多該回教室了！」

我一臉心虛地邁步走掉，而安德比我迅速地走到教室門口。

接著他很俐落地幫我打開門，然後說：「After you.」

「女士優先」，安德很自然地幫我開教室的門。

與此同時，教室裡的其他女生也因為安德的紳士舉動而興奮尖叫。

這……這種情況下進教室，我會更不好意思啦～～！

「謝謝你的幫忙！Yes、Happy、Coming soon……！」

我一邊用雙手遮著臉，一邊說著奇怪的英語就衝進教室裡了。

Coming soon!?這句話翻成中文是「即將到來」的意思喔！

你知道其實鯉魚是可以吃的嗎？養殖的食用鯉魚，只要細心調理就會變成一道鮮美的鯉魚料理喔！古時候的日本也會將鯉魚料理獻給將軍等有地位的大人物唷！

2 競選校內活動委員

——**戀愛。**

這個字眼還是一直在我腦裡盤旋。

雖然安德叫我不用煩惱這件事，但我還是照樣一直想個不停。

因為要是真的有辦法能讓學科男孩們成為真正的人類，我絕對會想盡辦法去瞭解更多，並且努力尋找……而現在，我終於遇到了這個很有**「可行性」**的方法。

我非常希望學科男孩們全都能成為真正的人類。

而且，我還希望他們可以永遠在我的身邊。

但是……

如果安德說的是真的，那麼**能成為人類的學科男孩就只有一個**。

而且還要是我所喜愛上的那個人，才能成為人類。

「唉……」

下課時，我心不在焉地思考這些問題，最好的朋友小優跑了過來，一臉擔心地問：

「小圓，妳怎麼了？有什麼事讓妳煩惱嗎？」

「……小優，**愛情是什麼啊？**」

「啊!?」

小優突然叫出聲來，然後用力地咳嗽起來。

「你還好嗎？小優。」

「**沒沒**…沒有啦……我沒事啦……」

小優的臉漲得通紅，並且低下頭。

真的沒事嗎……？

在我擔心地看著小優時，我的另一位好友和佐也過來跟我們聊天：

「小圓……妳現在是不是有喜歡的人了呢？」

「咦!?」

這一次，換我跳了起來。

看著和佐透過眼鏡閃閃發光的雙眼，我慌張地搖了搖頭。

「啊，不是這樣的啦！我只是有點**好奇**……妳知道的嘛，我一直都沒有太多戀愛經驗啊，所以我想自己現在應該多少學習一些嘛。」

「嗯，原來如此……可惜我也是沒談過戀愛，所以無法給妳任何建議……」

和佐「啊」地發出聲，像是想起什麼似的。

「小優的戀愛經驗應該很多吧？聽說妳很**受歡迎**耶！」

「啊，確實是這樣耶！不管男孩還是女孩，大家都很喜歡小優！」

因為小優考試常常拿到滿分，而且運動也很厲害，更重要的是，她也非常漂亮！

每當我遇到問題時，我都會找小優談談，而她也總是能給我很好的建議。

我與和佐對小優投以期待的視線，但小優的臉卻更紅了。

「咦？才……才沒有呢，我自己也是……**從來沒有談過戀愛**……」

小優低下頭，小聲嘀咕著。

不過，印象中我跟小優從幼稚園就認識了，也從沒聽小優對我說過「喜歡某某男孩」。

五年級的校外教學時，問小優有沒有喜歡的人，小優也回答「沒興趣」。

……但是，一想到小優會喜歡上某個男孩，我也很好奇會是什麼樣的人！

像小優這樣的完美女孩，應該會喜歡聰明又努力、會替朋友著想的男孩吧……？

當我自顧自地想著這些時，小優突然對我說：

「…對了。我們不如去看看**書**吧？」

「書？」

「是啊，我們圖書館裡有很多書。例如：戀愛小說之類的，又或者是**《第一次談戀愛就上手》**這種的……」

「喔~是《第一次談戀愛就上手》啊？聽起來好像不錯！」

我說完的同時，和佐也深感同意般地點點頭。

「不愧是小優，果然很瞭解圖書館裡的書。」

「呃，嗯，是啊……對了，我……**我可沒讀過，所以我不知道裡頭在講什麼！**我真的完全不知道！也不確定書名是不是那個，我只有稍微拿起來翻一下下而已！」

我才在想小優講話變得好急就看到她急忙跑回自己的座位。

……今天的小優怎麼感覺起來罕見地慌亂呀。

「嗯～要去查**書**呀。」

我托著下巴思考著小優的建議。

如果是書的話，也許寫了很多有用的內容。

像小優和小詞都很聰明，也是因為常常看書，才會知道各種知識。

而且我還得解讀記載付喪神資訊的古書，或許也有必要多看點其他書才行……

「對了，今天的班會我們要選**班級幹部**喔。」

和佐這麼說道。

「小圓，妳要不要選**圖書委員**呢？」

「咦？圖書委員？」

我去選圖書委員嗎？

突然這麼說，讓我睜大了眼睛。

「圖書委員是滿受歡迎的工作，雖然不知道小圓能不能順利選上，但選上後可以在圖書館裡幫忙和管理書籍，**說不定就能趁這個機會找到很棒的戀愛參考書！**」

「找到書……」

「是啊！我覺得去挑戰全新的事物，也會讓妳有機會發展出許多嶄新的潛力。」

和佐接著用滿懷熱情的口氣繼續說下去。

「今年我的目標就放在『**挑戰**』上。畢竟六年級是我們小學生活中的最後一年，如果能幫自己發展出許多嶄新的潛力，就不會虛度這段珍貴的小學時光！」

「和……和佐，妳太厲害了！竟然考慮到這麼多！」

「嘿嘿，所以小圓要不要試試看新的挑戰啊？」

為自己發展出許多嶄新的潛力。

和佐的這句話突然點醒了我。

這麼說起來，之前與小歷一起去圖書館準備作業時，也看到不少陌生又有趣的書。

……嗯。

如果成為圖書委員的話，**或許真的能發現一些新事物……！**

這一天，我們班的班會上如期進行了幹部投票。

我們學校的所有五年級生和六年級生都要在某些委員會中負責活動。

我去年是學校午餐委員會的成員，但今年……

「好啦，接下來是圖書委員！你們有誰想毛遂自薦——」

「我！」

老師話還沒說完，我就迅速舉起了手。

同時，其他同學們也都紛紛舉起手來。

哇，**看來競爭會很激烈耶！**

「女孩有六位……那我們就用猜拳來決定這個名額。」

照著老師的要求，我們六個女孩在教室的角落圍成一圈準備猜拳。

正如和佐所說，圖書委員會看來競爭者比其他幹部還要多。

「那麼，大家開始猜拳吧。」

我的表情認真了起來，同時心臟也緊張地不停快速跳動著。

隨著緊張的心情，我也瞬間變得沉默。

然後大家喊道──

「剪刀、石頭、**布！**」

「──太好啦，我贏了～～！」

我開心地高舉著剛才出的石頭。

太厲害了！**沒想到一次就定勝負！**

當我開心地蹦蹦跳時，老師也開始喊著我的名字：

「女孩是花丸嗎？那過來把妳的名字寫在黑板上吧。」

「好！」

我邁著輕快的腳步準備去黑板寫下名字，然後發現小詞也站在那裡。

同時注意到他的名字「**國語詞**」，被寫在「圖書委員男孩名額」的下面。

「啊，小詞是男圖書委員嗎？」

「是的。因為每個人都很鼓勵我擔任這個職位，而且對我說：『小詞絕對適合當圖書委員。』」

小詞開心地笑了。

的確沒有人比他更適合擔任圖書委員了。

我聽說每個人都稱他為「讀書王子」或「圖書館王子」。

甚至也常常聽說「當小詞推薦你一本書時，即使是不喜歡看書的人，也會馬上變得很愛看書」。

「我不太瞭解圖書館，所以請多告訴我圖書館的知識吧。」

「當然可以，如果有什麼我能效勞的，就儘管問我吧。」

我們兩人相視而笑。

升上六年級後可以跟小詞成為同班同學，真的讓我很高興，沒想到現在居然還能跟他一起成為同一個委員會的成員！

好期待委員會的活動喔！

我帶著雀躍不已的心情走回自己的座位。

3 小圓成為委員長！

那天的第六節課，我們馬上就進行首次的委員會活動。

我和小詞一起去了三樓的圖書館。

「圖書委員是做什麼工作啊？」

我大概知道是下課和放學時間，要有一個成員在圖書館櫃台協助同學借書……

「雖然我也是第一次擔任圖書委員，但據我所知，我們將會負責圖書館使用者的借書事宜，還有保護、管理、改善圖書館內全部的書籍，以及和負責圖書館的老師討論展示區的布置、張貼書籍介紹的公告，以及製作圖書館導覽。」

「**哇**～原來有那麼多各式各樣的工作啊！」

「是的。對所有學生來說，圖書館是很重要的地方。因此擔任圖書委員的人需要維護並管理圖書館，可以說是『**圖書館的守護者**』呢。」

「圖書館的守護者！」

哇，**聽起來真帥耶！**

啊……可是這份工作的責任應該很重大吧？

小詞像是想起什麼似的，嘴裡突然唸著「對了」。

「我想今天我們還會從六年級生中選出委員長…小圓，妳何不試試看參選委員長？」

「什麼，我去選委員長!?」

為什麼呀!?

我驚訝地看著走在我身旁的小詞。

無論怎麼看，我都覺得小詞比較適合擔任委員長……

當我疑惑地歪著頭時，小詞看著我並露出和善的微笑。

「小圓會從對方的角度來為他人設想，更重要的是，妳的直率態度。所以我保證，妳真的很適合當領導者喔。」

我能感受到他說的這些不是謊話，也不是客套話，是發自真心的實話。

「咦？我……**我哪有啊……**」

雖然被稱讚讓我很高興，但同時也覺得很不好意思，讓我的臉頰都燙了起來。

不過……我從來都沒想過要當委員長耶。

雖然以前當過班上的小組長，但要是成為領導一個委員會的委員長，那就必須用更認真的態度領導更多人。還有我記得成為委員長的話，還必須出席委員長會議。

感覺這個責任很重大，所以我現在有點猶豫……

當天的委員會會議是以圖書館負責人三笠老師的自我介紹開始。

三笠老師是一位年輕的女教師，她就像棉花糖一樣，讓人感到有種輕飄飄的蓬鬆感，很受歡迎。

老師簡單說完後，就如小詞所說的，開始要決定誰來當委員長。

「──好，首先我們要選出一位委員長。請問有哪位六年級生想毛遂自薦嗎？」

雖然三笠老師笑著這麼說……

（……咦？怎麼都沒人舉手啊？）

現場所有人的目光都在四處游移，只是互相看著有沒有人想主動當委員長。

難道真的沒有人想當嗎？

正處在這個尷尬的氣氛時，我突然想起了小詞說的話。

——小圓真的很適合當領導者喔。

我慢慢地環視身邊所有圖書委員的臉。

對我來說，即使只是成為圖書委員，也是全新的挑戰。

雖然以前不是讀很多書，但現在只要越是瞭解各種書，或許就能幫我解開男孩們的祕密。

沒錯……我想跟大家永遠生活在一起，**就必須去努力學習更多事情**。

不管是解讀付喪神的書，還是用功念書、考試……

而且升上六年級後，學業好像也變得更困難了，因此我得比以前還要更努力才行。

所以——

我的心中現在開始產生出小小的正面能量。

而且我覺得如果閉上眼睛假裝沒看到……以後一定會很後悔的。

就像和佐說的那樣，**六年級是在小學讀書的最後一年……！**

我緊握著滿是汗水的手，並且舉起手來大聲呼喊：

「我……我想當看看委員長……！」

這時所有人的視線都集中到我的身上。

哇～我說出來了……

三笠老師看著緊張的我，和藹地微笑著說：

「是六年一班的花丸圓同學對吧？感謝妳的毛遂自薦。如果各位贊成花丸同學成為委員長，請給予熱烈的鼓掌。」

啪啪啪——

現場的所有圖書委員們同時拍起手來。

我身旁的小詞也微笑地拍著手。

「……好了，那我們就這樣決定。花丸同學，請妳對大家說幾句話吧。」

啊，好！

我緊張地站了起來，並且把背繃得直挺挺的。

「呃……我是花丸圓！雖然這是我第一次擔任圖書委員，但我希望能多學習圖書館的知識。也想打造出讓每個人都會喜歡的有趣圖書館環境！**請各位多多指教！**」

首次參加的委員會會議就這樣平安落幕了。

老師簡單解釋了圖書館的工作，也讓我們決定好該由誰負責櫃台的借書工作。由於今天是第一天，所以接著我們也直接解散了。

雖然有很多事情要做，看起來似乎很難，不過其他圖書委員都很積極，同學們分工合作的氣氛讓我放心了不少。

感覺圖書委員的工作將會是開心的活動！

「小圓，要不要一起回家呢？」

「嗯！一起回家吧！」

我和小詞加入其他陸續離開的同學裡，一起離開了圖書館。

突然間，我看到後面的書架附近有一個人。

「……啊，我有點事，你先走吧！」

我向小詞說了一聲後，就一個人往回走。

今天不是圖書館的開放日，所以會留下來的同學，就是圖書委員。

（他是不是忘了帶走什麼啊？）

我有些好奇地往後面走去。

然後看到書架前有一個長瀏海的男孩，他蹲著似乎是正在看架上的書本。

他的嘴角有點彎彎的，看起來像是在微笑。

嗯～這個同學我記得是……

「五年三班，**關本啟太同學？**」

LIFE

「咦？」

當我喊出他的名字時，關本同學也驚訝地轉頭看我。

「啊，對不起。突然叫你的名字。我是剛剛成為圖書館委員長的人，我是六年級的花丸圓！……你應該有印象吧？」

「啊，是的，妳……妳好……」

關本同學的眼睛沒有看我，只是輕聲地回答。

會不會是害羞啊？

不過，還好我沒有叫錯他的名字。

雖然剛才在委員會的自我介紹上，我跟早就已經認識的六年級成員們並且見過面，但五年級學生卻還不太熟。

……不過我可是委員長喔。現在要馬上跟大家打好關係才對！

我走到關本同學身邊，隨意地看著書架。

話說回來，小優所說的《第一次談戀愛就上手》在哪裡呢？

看來那本書沒有在這邊……

「關本同學，你在找東西嗎？」

「不……我只是看看而已。」

「只是看看？」

我再次發問時，關本同學一臉不自在地低下頭。

「……抱歉，邊看著書本的書背邊笑，應該讓妳覺得我是怪人……」

「咦，為什麼道歉呢？我反而發現關本同學很愛看書耶！」

關本同學回了一句「是啊……」然後用若有所思的表情看著書架。

「我想想喔……雖然我覺得**懸疑小說**、**科幻小說**那種重視故事性的書很有趣，但我也很喜歡**學習日常知識的工具書**，還有也喜歡**藝術類**、**神祕靈異類**的書……我算是什麼都會看吧。**基本上我每天都會拿一本書來看。**」

「咦!?好厲害喔！你真的很喜歡書耶！」

我佩服地對著他點頭時，關本同學卻疑惑地歪著頭說：

「嗯……畢竟我是圖書委員……只要是身為圖書委員，我想都會喜歡看書吧？」

「咦？啊……啊哈哈，就……就是說啊……」

我忍不住苦笑了起來。

但說實話，我不像關本同學讀過很多書。

雖然為了用功念書而讀了很多次課本，但我看書的種類卻不多，根本不敢大方地對別人說：

「我也很愛看書。」

圖書館也是一樣，其實也不是我常常會來的地方……

……咦？像我這樣，**真的可以擔任圖書館委員長嗎？**

我開始覺得有點不安了……

當我低下頭時，關本同學也低聲說道：

「……**花丸學姐真是個怪人。**」

「什麼？」

我嚇了一跳，看向旁邊。

「我的班上沒人會跟我搭話……反正我也知道自己是個奇怪的書呆子……」

「等一下！」

我急忙打斷關本同學的話。

接著一邊平復緊張的心情，一邊注視著關本同學的臉。

「……關本同學！」

「什……什麼事？」

「……欸，你剛剛**叫了『學姐』對吧!?**」

「是……有這麼叫沒錯。」

「學姐……哇，我是學姐耶……！」

被別人這樣稱呼，感覺好新奇唷！

有點難以形容，聽了感覺讓我渾身起雞皮疙瘩耶！

呵呵呵。不行了，我已經忍不住偷笑了……

「啊，我可以拜託你一件事嗎？可以試試看直接說我的名字嗎……？不是姓喔，試著叫我

『小圓學姐』一下！」

我向前傾，湊到關本同學身邊低聲說道。

「咦……？小圓……學姐……？」

「哇～～！」

不錯喔不錯喔！小圓學姐這個說法，聽起來真棒！

太神奇了吧！總覺得自己好像成熟了不少耶！

我自顧自地開心了起來，一旁的關本同學則是有些困擾地抓抓臉，然後小聲嘟噥說：

「……果然是個怪人。」

他的嘴角揚起一絲微笑。

（啊，他笑了！笑起來的表情真棒！）

當我盯著他看時，關本同學又一臉不自在地低下頭。

「那麼，我要走了……」

關本同學站了起來，想馬上跑離現場。

但在這個瞬間，我突然想起一件事。

「對了！有點事我想問你……可以嗎？」

4 第一次當圖書委員長

（喔～**《羅密歐與茱麗葉》**啊……）

我一邊看著從圖書館借來的書，一邊回到了教室。

其實，這是我問學弟關本同學哪裡能找到《第一次談戀愛就上手》時，直接問他：「有沒有其他書可以當作戀愛學習的參考。請盡量告訴我簡單一點的書！」

然後就直接在圖書館裡找到這本書。

這本《羅密歐與茱麗葉》中的故事，是改編自很久以前的外國戲劇。

我另外還借了兩本書，一本書名是**《心跳不已★大家的初戀經歷》**，另一本則是**《愛情必勝！神祕召喚術事典》**。

本來我不方便問小詞他們關於談論「戀愛」的書，……但幸好還能詢問關本同學的意見。

（……咦？）

忽然我的目光被封面上寫的作者名字所吸引。

這個莎士比亞……不是今天早上安德說的那個人嗎？

喔喔～！那他一定是很有名的人，所以圖書館裡才會有他的書！

記得是「不會一直天黑，白天一定會來」之類的對吧……？

英語好像是什麼 The Night……吧？真糟糕，我完全記不起來了。下次再問問安德吧。

我一邊苦笑，一邊翻著書，同時眼中出現一些看不懂的文字。

嗯……

這個古代人寫出來的知名故事……對我來說可能還是有點難懂吧？

隔天，

我一到學校，就馬上跑到小優的座位。

「欸，小優。**妳看這本書！**」

我一邊說著，一邊拿出昨天借來的《愛情必勝！神祕召喚術事典》。

借回家後我稍微翻看這本書，發現內容還滿有趣的。

因為裡面有講天使、精靈等等一些不是人類的生物。

看了之後，開始覺得學科男孩或許也算是精靈之類的存在吧。

「妳看，這裡寫的東西很好玩喔。『如何利用數字的力量召喚書本精靈』。」

「書本精靈？」

小優驚訝地歪著頭。

我點點頭，然後指著書上的那一頁說。

「如果妳照著這裡寫的方法去做，就能召喚一個能讓愛情成真的精靈。說是書本精靈，不曉得是長什麼樣子？」

如果像學科男孩那樣，是跟我們一樣年紀的男孩應該會很有趣！

不對，要是像小計那樣嘮叨的精靈，那我就不太喜歡了……

唉，這讓我想起今天早上被他碎碎唸說**「單元測驗快到了，給我打起精神來」「如果考太差，**

就罰妳禁止吃布丁一個月」等等……

一想起小計說過的那些話，我的心情就鬱悶了起來。

不過，這時小優低聲說道：

「喔～任何愛情都能實現啊……」

接著她低頭盯著那一頁，像發呆一樣地沉思著。

在我叫著小優的名字之前，她就這樣一直保持著呆望著那本書的狀態。

「好了，借書手續已經完成了！」

我說完這句話，並且將完成借書手續的書拿到櫃台上交給對方。

今天是我第一天在圖書館的午休輪班。

「這本書只能借兩個禮拜，請記得如期歸還喔。」

「好！」

「謝謝妳，小圓學姐！」

兩位二年級女孩收到書後，笑著對我揮揮手。

另一手則是很小心地抱著書。

其實我剛剛仔細地教過那些第一次借書卻不知道該怎麼辦的同學找書，甚至教她們如何辦理借書手續！

當她們說出「我想借這本書」時，我真的很開心。

因為她們借的書，也是我幫助同學從學校圖書館借出的第一本書。

總覺得我完成了一件很不得了的事呢！

正當我沉浸在成就感中時，旁邊的小詞突然笑了。

「小圓，妳已經是一位出色的圖書委員了。」

「是嗎？呵呵呵，應該還好吧？」

我有點害羞了起來，所以隨手抓了抓自己的臉頰。

「圖書委員的工作非常有意義！」

「是的，我也是打從心底這麼認為。而且能與小圓一起做這份工作，也確實讓我感到很快樂。」

小詞揚嘴微笑了起來。

看他那樣，我也變得更開心了，於是我捲起了袖子。

「好啦。接下來的工作就是把歸還的書通通放回書架。**我要開始工作了喔！**」

當我拿著書離開櫃台後，就開始了「將書歸位」的任務。

我一邊檢查書背上的標籤，一邊在書架找著放回去的位置。

不過這些書本很重，算是很耗體力的粗活，而且還得按部就班地進行……雖然很辛苦，但卻是非常重要的環節。

因為如果沒確實進行這個工作，那麼下一個借書的人可能會找不到想要的書。

（……啊。突然想起我昨天借的《心跳不已★大家的初戀經歷》，裡面有寫到在圖書館談戀愛的故事。）

看著書架時，我突然想起這件事。

雖然我只是瀏覽那本書一下下，但書中「圖書館」這個關鍵字引起了我的注意。

裡頭提到某個女孩很愛看書，經常會去圖書館，但有一天她伸手從高處拿一本書時，她的手卻碰到另一個人的手。

當她驚訝地看過去時，卻發現對方竟然是班上很受歡迎的男孩。

雖然他們平時幾乎沒有說過話，但因為這次的巧遇而墜入愛河……大致上就是這種故事。

（雙方手碰手就會談起戀愛？嗯，這實在很難理解耶……）

由於我無法對這種故事產生共鳴，所以看完就直接把書闔上……只是那樣就突然愛上一個人，**真的有可能嗎？**

雖然這種場面常常能在電視劇和漫畫上看到……

我呆呆地一邊想著，一邊將最後一本書放回原處。

就在……這個書架的最上面。

（嘿咻……）

為了把書放回原位，我用力踮高腳尖……但好像搆不到那個位置……
就差那麼一點點就能放進去……
（嗚……再一下下……！）
我全身發抖般地踮起腳尖時，突然間感到背後有人靠近。
「——高的地方讓我來處理就好。」

耳邊傳來的是小詞的聲音。

一瞬間，他溫暖的手指輕觸著我的手。

「啊……」

噗嗵。

小詞從我手中接過書，並且放回書架上。

站在身旁的小詞比我還要高一些。

還有那又細又長的手臂，端正的側臉。

我忍不住盯著他看。

噗嗵、噗嗵、噗嗵。

我的腦袋開始一片空白，心跳也逐漸加快。

「小圓？」

「啊!?」

聽到小詞的聲音，我才猛然地回過神來。

這時小詞正看著我的臉，並好奇地看著我。

我的臉馬上紅了起來。

「呃……呃，謝謝你……！」

我小聲地說謝謝後，就直接走掉了。

呼——**嚇我一跳！**

昨天看了那本戀愛經驗談，讓我對別人產生出奇怪的想法……

我的心臟現在還是緊張地像是快要跳出來……

在我將手放在胸口安撫心情時，小詞突然發出了「啊！」的一聲。

「這應該是剛才那兩位同學忘記帶走的東西。」

閱覽區的桌上留下一個兔子圖案的包包。

包包上的角落還寫上剛才那位借書的女同學名字。

「我現在就拿去給她們。」

小詞迅速拿起包包直接走了出去，

我對他點了點頭，內心也稍微鬆了口氣。

「好，謝謝你！這裡就交給我吧！」

「謝謝，我馬上就回來。」

小詞出去後，我獨自走回櫃台。

（……呼……我終於冷靜下來了……）

我靠著椅背，鬆了一口氣。

升上六年級時，小詞也跟我編在同一班。

現在又一起當圖書委員……可以跟小詞在一起的時間，變得比以前還要多。

這個發展的確讓我很高興。

可是……小詞實在太帥氣了，所以每當他接近我時，我都會心跳加速。就像剛剛那樣，我們之間的距離突然變得很近。

希望他不要覺得我的態度很奇怪……

（……好。來看點什麼書，讓自己冷靜下來。）

在確認周圍沒有人後，我從包包裡拿出一本書。

負責帶領圖書委員的三笠老師說過：「如果各位手邊沒有工作時，也可以盡情看書喔。」

其實，就算我們負責站圖書館櫃台，也不會經常有同學借書或提問。剛好整理完書架後沒別的事，我就一邊等其他需要借書的同學，一邊看書吧。

（希望這本書不會很難……）

關本同學昨天向我介紹這本書的愛情故事。

書名是《羅密歐與茱麗葉》，是一位名叫莎士比亞的古代人在很久以前寫的。

我小心翼翼地打開書本，開始閱讀。

（喔～。原來故事是發生在一個叫維羅納的地方……）

原本我以為會有點難懂，但關本同學所推薦的這本書，在翻譯上比較配合兒童閱讀，所以故事出乎預料地容易理解。

還有，由於圖書館安靜的氣氛，所以讓我更容易專心看書！

啊，書裡的兩個人，在宴會相遇就陷入熱戀。

我不斷翻頁、閱讀……突然間，我的手停了下來。

咦？而且**第一次見面就接吻了**!?騙人的吧!?

我雖然嚇得瞪大了眼睛，但還是重新看一遍這個篇幅。

哇！**一見面就一見鍾情……未免也誇張了吧？**

這種東西是不是就叫作**「命運的相遇」**呢？

（「兩人彼此親吻並看著對方」嗎……？）

我忍不住呼了一口氣。

只在一瞬間，就出現像是改變世界般的閃亮感受。

——這就是所謂的愛情嗎？

好好喔，總覺得有點嚮往戀愛耶……

雖然他們的家人互相仇視是個問題，但我相信他們從現在開始努力談戀愛，就一定能獲得幸福吧！

正當我很有興致地翻到下一頁時，突然聽到窗外傳來很大的聲音。

「哈哈哈！我的腳都溼了！」

「喂，不要把水管對著我啦！」

嗯？好熟悉的聲音。

我闔上書，離開櫃台看向窗外。

結果我看到——

「啊，圓圓！哈～囉！」

小理正在下面的花圃對我揮手。

他的頭上還趴著一隻名叫小龍的變色龍。

此外，小歷和安德也在旁邊。

「你們在做什麼啊？」

「我是**新聞委員**～！正在採訪花圃開花的報導。」

「我是**飼養委員**，現在做的工作是清洗魚缸喔！還有安德是**綠化委員**，負責清除花圃上的雜草！」

三人微笑著互相點點頭，並且對著我揮手說話。

「圓圓，祝你圖書委員的工作順利唷～！」

「小圓，下次採訪妳時，就多多指教啦～」

「**Madoka, see you later!**（小圓，待會兒見！）」

「好喔，謝謝你們！see you!」

我揮手回應他們後，他們三個就再度忙起自己的工作了。

小歷一邊密切注意攝影角度，一邊拍攝花朵。

小理捲起袖子，在水龍頭旁精神奕奕地清洗著魚缸。

安德則是脫下平時穿戴端正的服裝，蹲下來照顧著植物。

還有，他們也都是用溫柔的說話態度，幫助一起工作的低年級同學。

可能是因為大家都是六年級生吧？感覺言行舉止都變得比平時還要有自信。

（咦，奇怪……？不知道為什麼，我有點心跳加速耶……）

呃，為什麼？

該……該不會我開始**戀愛了？**

不對不對不對……什麼戀愛……？

正當我在窗邊拚命搖頭時，圖書館的門突然打開了。

啊，小詞回來了嗎？我心裡想著，並且轉身過去。

「我們是環境委員，是來這裡檢查環境整潔的。」

咦？是小計!?

小計先是帶著兩位看起來像是學弟妹的同學慢慢走進來，然後就直接往垃圾桶的方向走去。

「嗯……垃圾桶周圍環境，A。」

「好的！A！」

學妹很快用筆記錄在紙上。

接著小計打開放掃具的置物櫃。

「掃具櫃……看起來有點亂，B。」

「好的！B！」

「聽好了，收拾東西的訣竅就是將數學放在心上。例如，先將比較長的掃把放在最右邊，然後將其他較短的掃具按照長度依序往左邊放。**這樣就能完成一幅如同從右上開始遞減的美麗長條圖！**」

「原來如此……！**真不愧是小計學長！**」

現在是什麼情形……？長條圖……？

在我驚訝地看著他們的時候，小計突然走了過來。

「**……喂，小圓。**」

「咦？怎……怎麼了？」

小計一臉嚴肅地遞給我一張紙。

呃，這張紙是什麼…？

在我低頭查看的同時，小計開始劈哩啪啦地說起話來：

「這是妳今天的念書行程表。因為馬上就要考單元測驗了，所以我調整一下念書的內容，這樣妳就能有更多時間複習最不懂的數學和英語。妳一回家就要馬上複習英語一小時，我也跟

安德確認過他有沒有空了。放學後就立刻回家，聽懂了嗎？」

「我……我知道了……」

「單元測驗是六年級的第一次大考。我已經說過很多次了，而且這還不是最重要的大考。妳能不能跟上六年級課業，就取決於這第一次大考。妳最好比之前還要認真用功。」

一口氣說出這些話後，小計又向我靠近了一步。

這時他手裡又多了一張紙。

「**這是環境整潔的檢查報告表**，妳以圖書委員長的身分簽字。」

他盯人的表情變得更犀利。

這壓迫感未免也太誇張……

「好……好的……！」

想著要立刻回他的話，一不留神連自己都變成環境委員會的學弟妹。

小計收下我簽過名的表格後，滿意地點點頭。

「小計學長，我們得離開了。」

我與小計的談話才剛結束，他身後的學弟有點戰戰競競地提醒小計。

「啊，對喔。接下來我們要去音樂教室！」

「是的！」

接著，小計帶著學弟妹們立刻走出圖書館。

直到他離開為止，我一直都用呆望的眼神看著他。

（感覺小計當起環境委員就很有精神……）

而且學弟妹們其實沒那麼害怕小計，多半是用尊敬的眼神看著他。身為學姐，我也想像他這樣子耶。

說不定小計其實很擅長照顧學弟妹……？

5 實現戀情的書本精靈？

我在委員會工作的同時，順便複習單元測驗的考試範圍。

每天都有很多事情要處理，幾乎忙得喘不過氣來。

但有一天，輪到我在午休時間去圖書館負責站借書櫃台時，我突然發現了一個奇怪的現象。

「……啊？今天來圖書館的女孩是不是變多了？」

我這麼一說，小詞也跟著點點頭。

「我也覺得女性使用者的數量在短短幾天內突然增加了。」

「啊～為什麼呢？」

「不知道……只是我有好幾次問她們是否想找什麼樣的書，她們都會用『沒關係』來婉拒我的幫助……」

小詞一臉困惑地手拖下巴。

我歪著頭環視圖書館。

不只是閱覽區有很多人，對面的書架附近也都是人。

雖然那些人當中有的是小詞的粉絲，正在興奮地往這邊看，但最吸引我目光的是其他一邊大聲聊天，一邊找書的同學。

奇怪的是在這裡面有很多人，我過去好像從沒看過她們在圖書館出現過。

（可能是某個班級出了需要調查資料的作業吧？）

想是這麼想，但仔細一看好像也有我們班的同學。

嗯，實在是太怪了……

我在櫃台內觀察了一陣子，又發現她們有一個奇怪的地方。她們除了在閱讀區裡聊天之外，還會進行**相同的奇怪行動**。

不知道為什麼，她們會從書架取下一本書，先是瞄一眼封底，接著又立刻將書放回去。

而且幾乎每個人都是在伸手剛好能摸到書的位置取書，每次都是看完封底後，就又拿另一本。

根本沒有看到她們認真閱讀書裡的內容。

「到底是在幹什麼……？」

我很高興有更多人來圖書館，但那些同學真的是因為想看書才來的嗎？

他們似乎對書本沒有太大興趣，只是大聲地聊天。

這樣不像圖書館，反而比較像是聊天廣場。

平常在圖書館安靜讀書的同學，現在根本無法坐在閱讀區，只能困擾地四處張望。

（嗯……也許我應該出聲阻止她們……）

我有點猶豫要不要走出櫃台，提醒大家不要吵鬧。

「——小圓，小詞。」

突然間，傳來講話聲。

「啊，安德！」

「Hi」，安德舉手打招呼時是將手肘靠在櫃台上，而且剛好接近我的臉。

身材高大的安德靠在櫃台上的模樣，就像好萊塢明星在飯店「切可印」一樣，實在是有夠酷的。

安德拿著翻譯機，語氣神祕地說：

「...Did you hear the rumour about our school library ？」

『……你有聽說關於我們學校圖書館的傳聞嗎？』

咦？

我驚訝地與小詞四目相對。

「關於圖書館的傳聞是什麼？」

安德先是環顧四周，然後繼續說：

『我聽到了一個有趣的故事，所以我想跟小圓說一下。最近在高年級女孩中，好像流行某種儀式……某種**召喚術**。』

咦？「召喚術」？那、那是什麼……？

我眨了眨眼睛，然後安德將一本書打開來給我看。

「我查了一下，那個儀式好像來自這本書。」

裡頭寫了以下這些話。

①取得你所愛慕的人的生日，並且以此取出四個數字！（如果是六月二十日，請使用「0620」）

②去看看圖書館裡的書籍封底吧！如果條碼的最後四位和剛才的數字相同，那這本書就是你的命運之書！

③在書中尋找「戀」字！你一定能找到的！

④找到後，在該頁夾上一封情書，再送給對方！

⑤這樣書本精靈就召喚成功囉！祂一定會幫助你表白成功★

❤一起見證心動時刻❤

書本精靈？召喚⋯？

奇怪？**我好像在哪裡聽過⋯⋯？**

「這本書是⋯⋯？」

總覺得這本書看起來很眼熟，所以我看了一下這本書的封面。

《愛情必勝！祕密召喚術事典》

啊！

這是，我之前借的書！

我曾經稍微看了一下，然後對小優說：「這幾頁關於圖書館的事還挺有趣的。」

我很驚訝地看著那本書，而小詞則是感到奇怪。

「可是⋯⋯為什麼大家都將心思用在這一頁上？明明這本書也講了其他召喚術⋯⋯」

安德聽了小詞的疑問後，有點失望地垂頭喪氣說：

「我原本很高興靈異神怪的話題流行起來，畢竟我們學校很難結交到熱衷這類話題的朋友。

後來問了看過這本書的同學：『**妳對召喚術有興趣嗎？**』才發現她們其實沒有太大的興

趣……比起靈異話題，她們似乎對我們都認識的某位大紅人更感興趣。」

「我們都認識的大紅人？」

「沒錯，就是**成島同學**。」

咦？小優？

當我嚇得眨著眼睛時，安德只是聳了聳肩。

「可能是因為她之前認真閱讀過這一頁的關係，所以才會引發這個流行。她們都說：『這是漂亮又有人氣的小優也給予好評的愛情魔法。』」

咦!?小優也給予好評？這什麼跟什麼!?

我回到教室後，問了小優這件事，但她極力否認。

「可是我從來沒有借過那本書。我的確知道圖書館裡有那本書，但那是小圓拿來給我看後，我才第一次知道的。」

「這樣啊……」

呃，那這樣不就代表……

前幾天**我給小優看**這本書時，可能被一個崇拜她的人看到了。也就是說從那時開始，「小優給予好評」之類的謠言就被傳開來了……！

現在仔細一想，當時我讓小優看那本書，的確容易讓旁觀者誤會……

所以說……**現在這個局面是我造成的!?**

我對這個意想不到的事實感到震驚，整個人在走廊上搖搖晃晃地走著。

這下傷腦筋了。

我不敢相信自己就是圖書館變成聊天廣場的原因。

這個流行退燒後，或許事態就會平息下來，不如暫時先別管好了……

走到圖書館大門前時，我還在煩惱這個問題。

忽然間，我的衣服下襬被某個人從後面拉了一下。

「嗯？」

回過頭後，我看到兩個女生一臉煩惱地站在那裡。
她們是前幾天在圖書館借書的二年級女孩。
「咦？怎麼了？」
兩人互看了一眼，她們一臉有事難以啟齒的樣子。
「需要我幫忙嗎？是和圖書館有關的事嗎？」
當我蹲下來笑著對她們說話時，其中一個女孩鼓起勇氣說：
「小……小圓學姐，**能幫我拿書嗎？**是我們上次借的那本書的續集！」
「嗯？要借書嗎？」
啊，我懂了。她們想再次借書，但還不習慣借書流程，所以才很緊張。
「沒關係喔，我可以教妳們怎麼借，現在我們一起去找書吧。」
當我說完並準備進圖書館，兩人都嚇得後退幾步。
「怎麼了嗎？」
「……」

我不知道發生了什麼事，覺得很奇怪。
當我再次蹲下看著她們時，她們卻都低著頭，並且小聲地說：
「那個……我們今天去圖書館找書的時候，有很多大姐姐在裡面……」
「她們都在大聲講話……我們覺得很可怕……所以不敢進去……」
「呃……」
這意想不到的反應，讓我感到驚訝。
在她們說出來之前，我根本沒有注意到這個問題。
我們六年級學生在裡頭閒晃、聊天，也許會讓低年級學生感到害怕吧？
雖然我自己是覺得那些聊天的同學「在圖書館吵鬧滿沒禮貌的」，但卻沒有注意到其他想借書的同學會因此怕到不敢進圖書館……
噹噹噹噹
午休時間結束的鐘聲響起了。
我輕輕地將雙手放在那兩位女孩的肩膀上。

「……謝謝妳們告訴我。我會想辦法讓圖書館變成大家都能放心使用的地方。所以請妳們再等一陣子好嗎？好了，鐘聲響起來了，妳們該回教室了。」

「好……」

目送她們離去後，我透過圖書館大門看著裡面，現在仍然傳出吵鬧的聊天聲。

再這樣下去就不好了。

我得做點什麼才行……！

6 「圖書館裡的惡魔」事件

第二天午休。

我獨自前往圖書館。

如果今天還是很吵的話，那就非得跟她們溝通一下了。

因為除了那兩位二年級生，那些人可能也會造成其他同學的困擾。

畢竟會演變出這場騷動是因為我引起的。

最重要的是，我是圖書委員，而且還是委員長……**我必須認真處理才行！**

在我重新振作並且走進圖書館時，裡面突然傳來了尖叫聲。

（呃，什麼!?）

我慌忙地趕快跑進去。

一進入圖書館後，馬上吸引我注意的是，有五個女孩聚在一張桌子旁的閱讀區。

「**咦～真的假的啊!?**妳再多講一點嘛！」

「不要啦～這很尷尬耶！」

「有什麼關係嘛！快點說呀～！」

她們說話的音量很大，大到連圖書館外面都能聽到，而且也不在乎是否吵到其他人，正興奮地開聊。

在前方在書架前挑書的同學似乎被嚇到，然後什麼也沒借就突然跑出圖書館。

「啊，小圓學姐。妳好。」

當我站在入口時，我看到五年級的小嶋同學正在整理書架上的書。

關本同學也在附近，他先是注意到了我，然後微微點一下頭。

「妳好，今天還的書有很多嗎？」

不是休館期間整理書架，而是還是兩人一起在開放時間出來整理書架，這種情況還滿少見的呢。

正覺得稀奇的同時，我走過去想幫忙，這時關本同學小聲地抱怨道：

「很煩人但也沒辦法，對吧？很多書都被放得亂七八糟了。」

他低沉的聲音，讓我的心顫抖了起來。

雖然我看不到他的表情……但關本同學應該生氣了吧？

小嶋同學低聲告訴我發生什麼問題……

「……妳看，都是因為最近發生的**那事情**，現在越來越多人把書本隨便放回去……」

他的視線直接看向閱覽區裡那些開心聊天的女生團體。

我都不知道引發的問題不是只有聊天吵鬧而已……

「這個禮拜每天都是這樣。」

關本同學再次低聲說：

「她們弄亂書架上的書，還大聲說話，就算我勸她們，也不聽……為什麼要這樣？」

關本同學的聲音顫抖著，彷彿在壓抑自己的怒火。

他低著頭，還咬緊牙齒：

「對我來說，圖書館是我在學校裡最喜歡的平靜場所……！」

關本同學轉過身，然後快步走回櫃台。

「圖書館是我在學校裡最喜歡的平靜場所……」

我回想著他說的話，感到胸口一陣刺痛。

記得在第一次委員會會議後，我曾看到他獨自微笑著看書架。

從那時起，即使不是關本同學輪班的日子，他也會來圖書館整理書本、打掃環境。

圖書館是讓大家放鬆心情享受閱讀的場所。

在這裡，你可以偶然發現一本新書，集中注意力閱讀它，……我也很喜歡這裡的這個氣氛。

（……果然不能放任著這種情形不管。）

如果不想看書只想聊天，那她們大可以在圖書館外面聊啊。

所以我下定決心，主動接近聊天五人組。

這個女孩小團體是以我的同班同學沙也加為中心所組成，常常愛聊流行話題。

總覺得她比我還要成熟，有一點散發出讓我難以接近的氣息。

雖然我一年級曾經跟她同班，但卻從來沒跟她講過什麼話。

即便如此……**我現在還是得請她保持安靜。**

「那個～……」

我有些擔心地試著叫住她，但她似乎沒有聽到我的聲音。

我深呼吸一口氣，然後再試一次。

「**那個……能先聽我說話嗎？**」

沙也加她們這時停止說話，並且看著我。

我的心噗嗵噗嗵跳著繼續說：

「那個啊……，希望妳們在圖書館裡可以安靜一點……」

「啊，小圓！**妳聽我說啦！**」

「咦？」

我的手被她牽著，然後不知不覺間就被拉進她們的小圈圈裡。

我不曉得發生什麼事，只能左右張望，看著她們繼續講起話來。

「聽說加乃現在喜歡的人有女朋友了！小圓如果是妳會怎麼做？」

「咦？我……**我會怎麼做？**」

「我們是**選擇放棄**的那一派！因為這對人家的女朋友很不好意思耶。」

「呃～，可是我覺得**搶過來也可以！**如果比女朋友還要更愛對方，那就大方去搶啊！」

「這兩種我都做不到～。我覺得我只能傻傻地看著，什麼都做不了～」

我睜大眼睛，看著她們接二連三地**提出意見**。

這……這樣啊……，**原來面對同樣的愛情問題，會有不同的想法**。

我的話，現在還處於擔心自己不懂戀愛的階段，看到她們都這麼懂，實在是很佩服她們……

……………**啊，對了！**

「我舉個例子喔……**如果妳們想談戀愛的對象快要死掉的話，那妳們會怎麼辦？**」

我隨口一問，大家的眼睛都閃出了很感興趣的光輝。

「啊，不過那個人不是我喜歡的人，反而是更像朋友或家人……」

當我要解釋時，各式各樣的意見就一口氣湧向我：

「咦～**去談正常的戀愛不就好了！**妳應該不想讓喜歡的人死掉吧？」

「但是啊，**戀愛也不是那樣的吧？**妳硬是要愛上人家，不但很沒禮貌，而且也沒有顧及到對方的想法。」

「我能明白這點，但重要的還是時機。我常常聽到一些人說他們愛上了某人，就算他們一開始完全沒有意識到自己愛不愛，但結果還是愛上了對方。」

我不斷點著頭，認真聽她們的意見。

從她們的意見我可以知道……「戀愛」果然不是三兩下就能找出答案的事情。

在我這麼想的時候，沙也加繼續說：

「反正我認為可以相愛的人才會有好結果。因為戀愛這種東西是不管有多煩惱，都能讓妳人產生超強的力量來克服！」

其他女生同時點頭表示同意，並且異口同聲地說：「就是說啊～」

而我則是眼睛不斷眨了又眨。

（喔！戀愛的時候，**不管有多煩惱，都會產生出很大的力量啊……**）

聽了這句話後，我的內心變得更積極了。

原來如此！戀愛會讓人產生驚人的力量！

那麼，讓學科男孩成為真正的人類，這件事也許能辦到……

（……咦？**不對不對不對！我在做什麼？**）

我猛然回過神來，搖著頭想甩掉剛才的話題。

「但重點這裡是圖書館，不管怎麼樣**請妳們一定要保持安靜！**如果沒有要閱讀，請把閱讀區讓給需要閱讀的同學吧！」

我挺起胸膛，並且擺出**嚴肅**的表情。

……不過，我到剛剛為止還在跟她們聊天，現在我看起來沒有什麼說服力吧？

「啊，ＯＫ，抱歉啦！欸，我們再去找書本精靈吧。」

「好喔～，我們去找吧！」

「我完全找不到要找的生日密碼耶～」

雖然她們五人的離開為閱讀區清出空間，但她們還是照樣在書架那裡走來走去。

（**唉……結果問題還是沒有順利解決……**）

我只能喪氣地垂下肩膀，然後暫時離開現場。

因為要是她們說正在找書，我就不能隨便把她們趕出去……

走到櫃台時，我跟關本同學互相看了一眼。

「**對……對不起**……我是委員長卻不能阻止她們……」

「……不，錯的人不是小圓學姐。」

關本同學小聲地說，並且低下頭看著手上的書。

嗚，我很無能的樣子，被看在眼裡了……

雖然情緒一下子就變得很失落，不過我還是搖搖頭想要重新振作。

……**現在我可不能輕易放棄啊。**

不知道有沒有其他方法可以讓她們安靜下來？

是不是應該張貼公告啊……？

正當我抱著雙臂思考這個問題時，忽然想起之前小計以環境委員的身分進圖書館的模樣。

對啊，或許應該像他那樣吧？

要像小計一樣……那種**皺著眉頭、擺架子的臭屁模樣**……

「啊啊啊啊啊！」

突然間，圖書館裡傳出高亢的尖叫聲。

隨後還聽到有某個東西掉落的聲音。

我驚訝地往身後看去。

「呃……發生什麼事了!?」

我看到沙也加臉色蒼白，全身發抖地往地板看。

「我原本只是從書架上隨便拿出一本書打開來看，但那本書……」

她盯著的地板上有一本書。

同時還有一個白色信封，以及一張像是信紙的東西掉在旁邊。

我跑過去撿起信紙來看，嚇得停止了呼吸。

警告！

讀完這封信的人，將在一週後遇到不幸的事。

圖書館裡的惡魔

「這、這是什麼……！」

紙上的字看起來紅紅的，就像是用血寫下來。

我開始感到害怕，連手都在顫抖了。

緊接著，我聽到背後傳來急促的腳步聲。

「妳們，發生什麼事了？」

是負責圖書館負責的三笠老師，她正驚慌地衝進圖書館。

三笠老師看了我手上的信紙後，臉色立刻沉下來。

「……可以請妳告訴我狀況嗎？」

結果，今天圖書館午休開放時間提前結束了。

之後我和今天負責幫忙辦理借書手續的關本和小嶋，以及最先發現那張信的沙也加都留在圖書館裡。

而老師則是在安靜的圖書館，逐一聆聽我們每個人發現事情的經過。

儘管她的表情很嚴肅，但為了讓我們安心，依然平心靜氣地對我們說話。

「這大概是一種『不幸的信』……那是以前很常看到的惡作劇。現在大多會透過電子郵件、應用程式、網路留言來散播……你們之中應該有人看過『不向五個人發送電子郵件，就會被詛咒』這類句子吧？」

沙也加和小嶋同學點頭回應了老師的問題。

「我是不相信詛咒啦……只是這讓人覺得有點毛毛的耶。」

沙也加不安地皺起眉頭來。

老師輕輕拍著她的背，溫柔地微笑說：「不用擔心。比起讓人不幸或是詛咒，這反而像是一種惡作劇，是為了取笑會因此害怕的人而已。對待這種惡作劇，最重要的心態就是無視它。……雖然我認為這麼做就夠了，但為了以防萬一，我還是會向其他老師報告這個狀況。」

老師用溫和冷靜的聲音說著話。

多虧了老師，大家的情緒才總算輕鬆了一些。

「之後我們再檢查一下其他書，如果看起來沒問題，明天照常開放圖書館。好了，我們今天可以解散了。」

老師舉手示意後，在場的四個人也站起來往大門方向離開。

「——**花丸同學**。」

老師叫住了我。

當我停下來回頭時，發現老師用跟剛剛不一樣的表情看我。

「……如果妳發現什麼情況時，可以馬上通知我嗎？雖然我也會盡量注意圖書館的情形，……但還是得麻煩身為**委員長**的妳幫忙喔。」

——委員長。

聽到這些話，我感覺到身體充滿了力量。

「**……是的！**」

我大聲回答後，就離開了圖書館。

（沒錯，我是委員長，**我要好好保護圖書館……！**）

我一邊在心裡這麼對自己說，一邊走到走廊，接著就跟站在前方不遠處的闞本同學互相對視。

關本同學的眼神中透露出一絲不安。

是啊！最喜歡的圖書館出現了這種信，一定會很擔心吧……

身為委員長，我得說一些話讓他們安心……！

「關本同……」

「小圓！」

就在這時，我聽到背後傳來聲音。

轉過身一看，看到小詞一臉驚慌地朝我跑過來。

「我剛剛聽其他圖書委員說了，妳還好嗎？」

小詞微微彎著腰，看著我的臉。

我看到小詞後，心情感到輕鬆了不少，緊張僵硬的身體也放鬆下來。

「老師要我們先暫時看看情況。」

「是這樣嗎……？」

小詞看著我的眼睛，輕輕地將手放在我的肩膀上。

「雖然小圓是委員長，但妳不用把責任全扛下來。只要我在圖書館，就會多留意這裡的事。」

「好……謝謝你，小詞！」

聽到小詞善意的關心，我高興地笑著點頭。

我也想跟小詞一樣，說點話讓關本同學感到放心。

雖然我這樣想著，但一回頭卻看到關本同學驚慌失措地移開目光，快步走開。

7 安德的英語課

這天是星期日。

而且學習課表從早到晚都排得很滿。

因為從明天起，就要開始考六年級的第一次大考——**單元測驗**。

小計說，能不能跟上這一年的課業就看這次考試了。

『懂了吧？這個**點對稱**圖形，所以這裡的AB**邊**會跟EC**邊**相對應。』

「嗯？呃，什麼香蕉……？」

香蕉？吃什麼東西嗎……？

當我呆呆地看著眼前的圖形時，小計有些傻眼地喊了一聲**「喂！」**

「不是『香蕉』，是『**相對應**』！妳剛剛有沒有吃早餐啊？到底是有多貪吃？」

「我……我才沒有貪吃！」

「那妳怎麼沒有集中精神？從剛才就沒辦法認真聽課。」

「嗚……**我……我才沒有……**」

我連忙將注意力集中在眼前的講義上，同時動了動自己的身體。

單元測驗是很重要的大考，我最好能考出比以往還要好的成績。

想是這麼想，但是……

……**不行了，我根本沒辦法專心**。

說實話，我滿腦子都是關於圖書館的事。

「圖書館裡的惡魔」信件被發現後，並沒有出現什麼大麻煩，圖書館依然在午休時間和放學後開放。

也許是因為小詞積極提醒圖書館的使用者，所以館內大聲說話的同學減少了很多。

只是……書本精靈的事依然在流傳，所以女孩們還是照樣會被吸引過來。

圖書館裡的氣氛變化很大，原本愛看書的同學們已經不再過來了。

雖然我是委員長，但卻沒能做多少事……

這種想法一直在腦海裡盤旋，所以我也很難專心念書。

小計看著低頭煩惱的我，然後輕輕嘆了口氣。

「我告訴過妳，六年級的課業會一下子變難。特別是六年級**數學**會跟國中數學產生重大的連結。不懂的東西越多，到時候讀書就會變得越無聊……，**我很不希望妳討厭數學。**」

小計嚴肅的表情讓我的內心感到一陣刺痛。

小計很長一段時間以來一直對我說：「我希望小圓獲得滿分。」

我很努力讀書，但也為無法集中注意力而感到難過……

在我低頭的時候，小計沉默了一會兒，然後把課本闔上。

接著說：「……雖然提早下課，不過數學的複習就到此結束了。接下來是**英語**。安德也已經在客廳等妳，所以準備好後就可以開始上英語了。懂嗎？」

「好……」

當我走下樓梯時，為了改變心情開始鼓勵自己。

在複習數學時，我沒辦法集中注意力，但接下來的英語我就必須努力了。

因為五年級的時候沒有英語考試，所以這個單元測驗將會是我的第一次英語測驗。

不過有安德當我的家教，這樣就能比其他科目有更多的時間學習。

而且明天英語單元測驗就在第一節課。

我要在第一次英語考試中取得好成績！

當我拍著臉頰走進客廳時，安德正靠在小桌子邊等我。

「安德你好！」

「Hi，Madoka.」

安德一邊看著我，一邊酷酷地笑了。

「OK.Let's answer the next question.」

『好，我們再解開下一個問題。』

安德拿著翻譯機指著英文文字。

現在要解的問題是選擇一個與英文句子意思相符的插圖。

整體而言，我的英語不算太好，特別是英語文章完全看不懂。

「嗯嗯……」

我抓著頭，並且盯著問題。

看著字母排排站的樣子，我的頭都痛了起來。

這樣做了一會兒，安德放下了翻譯機，突然用雙手碰了碰我的肩膀。

「嗯？」

我嚇得抬頭看，看到他天藍色的眼睛直視著我的眼睛。

「I know you can do it, Madoka. It's a piece of cake.」

（小圓，妳做得到。這只是小事一樁。）

「呃，cake？」

突然怎麼了？難道跟我說要吃蛋糕嗎!?

安德看到我緊張地看向廚房時，他有些被逗笑般地拿起翻譯機。

『抱歉，讓妳誤會了。在英語中，它的意思是「這只是小事一樁」。』

「嗯？小事……？」

安德點點頭，在筆記本上寫了一句英文。

『『**It's a Piece of Cake**』……意思是『這只是小事一樁』。如果妳想記住的話，就記成「**就像吃一塊蛋糕一樣簡單**」會更容易理解。』

喔～原來如此！

「『一塊蛋糕』是Piece of Cake！」

我興奮地在安德所寫的英文下方照著寫一次。

「c·a·k·e」是蛋糕。

一想到這是我最喜歡的食物後，相關資訊就很神奇地直接進入我的腦中。

當我專心看著筆記本時，視野的邊緣突然出現了一個盤子。

「**Help youself.**（請隨意取用）。」

我馬上回頭看向旁邊。

發現旁邊有一塊白色的小蛋糕，以及一個倒滿紅茶的茶杯！

真……真正的蛋糕耶……！

『這是我來這裡的伴手禮。既然這次難得送給妳，我們就先休息，吃一下吧。』

「咦？可以嗎!?真的嗎!?」

『當然。因為我很喜歡看小圓開心吃東西的模樣。』

安德的笑容是多麼地成熟又從容。

有那麼一瞬間，我的視線被他優雅地將茶杯端到嘴邊的姿態所吸引。

……啊～不過現在吃蛋糕比較重要！

「我要開動了！」

我一下子就把蛋糕吃完後，先是休息了一下，然後安德又對我說：

『趁現在休息時，來為妳上一門**特別課程吧。小圓，妳看看這個怎麼唸？』**

安德在筆記本上寫了一個字母「a」給我看。

我忍不住笑出聲來。

「討厭啦，安德，就算我的英文很差，不會連這麼簡單的問題都不懂！答案是『**欸**』啊！」

我自信滿滿地說出答案後，安德「呵」地一聲露出穩操勝算的笑容。

『真的是「欸」嗎？』**「咦？」**

奇怪？他強調「真的是」是什麼意思啊？

a就是唸「欸」呀……？

在我皺著眉頭感到疑惑時，安德馬上在筆記本上寫下兩個英文單字。

basketball　baseball

『這是『籃球』，而這是「棒球」。我們先為這兩個單字中的「a」做個記號。』

「為『a』做個記號？」

隨著安德所說，他用麥克筆在**「a」**上塗色。

籃球中的「baske」和「ball」，棒球中的「base」……。

「……奇怪？為什麼「ball」中有「a」？明明是唸『波』卻用『ba』……？」

平常的話不是唸作「杯」嗎？

當我歪頭疑惑時，安德高興地大聲說：

『小圓，你注意到了一個不錯的特徵！「a」不是只有一種讀法。』

「咦？不是只有一種讀法……什麼意思啊？」

『但在英語字母中，發音會根據前後字母的關係而產生變化。所以就像小圓所說的，「a」除了「欸」之外，還可以讀作「啊」或「喔」。』

喔～原來如此！

我完全不知道「a」也可以唸作「喔」耶。

「記住閱讀英文單字的訣竅，就是盡可能地一點一滴地去慢慢記憶。就像解決一塊小蛋糕一樣。」

「一點一滴地慢慢記憶？」

「Yes」

安德點點頭，然後馬上用叉子把自己的

蛋糕切成小塊。

『舉個例子來說，如果妳覺得「baseball」很長，讓妳很難去記住發音的話，首先妳可以先將「ball」的發音記下來。然後就是剛剛說的英文單字特徵，當你去熟悉「a」也可以讀作「喔」後，妳就會更容易記住發音了。』

我一邊盯著被切成小塊的蛋糕，點頭理解安德教我的訣竅。

我懂了……記憶單字時不要一開始就想要把整個單字記下來，而是像學習如何發音「a」，逐一分解單字發音，就能輕鬆慢慢記憶。

當我看到一個很長的英文單字時，雖然會想：「哇！我不會讀這個！」但如果能把單字拆開來，就會更容易瞭解該如何唸出來。

『那麼我再出一個**應用題**考考妳。』

安德一邊說著，一邊又在筆記本上寫了幾個單字。

apple　cake　strawberry

『妳能猜猜這三個字怎麼讀嗎？』

「咦!?呃……」

我盯著這些文字並思考。

「第一個是『蘋果』。第二個是剛剛吃的！『蛋糕』！」

「Right!（正確！）」

安德用力點頭

那麼，**最後一個**就是……

「星星……？」

哇～單字看起來好長，這麼長的單字我不太會耶……

『提示就是這三個都是食物。』

呃，**食物？**

想到這是代表食物的單字時，我突然開始感興趣了。

我皺著眉頭看著，然後想起安德剛才教過的訣竅。我先試著拆開單字，也許能盡量簡單地解讀出來！

如果將**「strawberry」切成兩半，就會得到「straw / berry」**。

前面是「史——」……後面是「貝魯」……不對，是「貝利」……？

等等！「ra」的部分可能不是「拉」，可能是「雷」或「囉」？

史卓……貝……

「strawberry」！草莓！

「Excellent！（非常好！）」

我舉起雙手跟安德擊掌！

我辦到了！我能讀懂我不擅長的英語單字，**而且能正確唸出來！**

『「apple」是「啊」，「cake」是「欸」，「strawberry」是「喔」。即使一樣是字母「a」，但會有各自不同的發音。』

真的耶！就像安德說的那樣，「a」的讀音並不只有一種而已。

我感到一股喜悅湧上心頭，讓我自然地笑了出來。

成功學習到原本不懂的知識，果然真的很有意思呢。

以前我對讀書的印象是「被迫記住困難的知識，而且讓人很不愉快」，但自從學科男孩們鼓勵我，並且介紹一些適合我的讀書方式，讓我開始覺得「讀書是快樂的事！」

我真的感覺我看世界的方式都變了！

我的成績也比以前好多了。

「apple、cake、strawberry！」

我正高興地把筆記本上的字反覆朗讀，突然與安德的眼光對視。

「哎呀？安德，你臉上沾到奶油了。」

嘴角旁還有鼻頭上……哎呀，怎麼額頭也沾到了？

雖然我感到有些奇怪，不過在告訴他部位時，安德照樣冷靜地說：「Thanks.」

然後直接用手指擦掉奶油。

安德會把衣服穿反或是穿著學校室內鞋回家，有時候笨手笨腳的程度讓人感到意外。

安德雖然用流暢又輕鬆的動作擦掉奶油，但他的額頭上依然還有奶油，看來他不太能靠自己擦掉。

「等我一下喔，我來擦你的額頭。」

我把手撐在小桌子上，然後用食指擦安德額頭上的奶油。

「……好，OK了！」

然後我笑了一下，但安德不知為何卻低聲說：

「……Thanks.」

他用手摀住著嘴小聲地說。

咦？他的耳朵變紅了！

我驚訝到有些傻眼。

「不……不客氣……」

咦？他總是會那麼親密地與人拉近距離說話，為什麼現在突然害羞起來了!?

我本來完全不在乎跟他靠得這麼近，但他這樣讓我也開始覺得不好意思了！

啊～，好累喔。

上午的數學和英語課程排得很緊湊，所以我現在已經累癱了。

雖然我在數學的圖形問題上陷入苦戰，不過上安德的英語課還滿快樂的，只是……一直學習外語，也是會讓我大腦感到疲憊。

（中午過後……應該是國語吧？）

我一邊想著今天的課程，一邊走上樓梯。

因為剛才吃得很飽，所以下午的課程一開始我一定會覺得很睏。

到時我得集中注意力才行……

「小圓。」

正當我準備回房間的時候，有人叫住了我。

「等一下就是讀國語的時間了，不過我想先問妳今天的身體狀況如何？」

嗯？身體狀況如何？

「**我很好喔！**剛剛吃的飯也很好吃！」

我馬上這麼回答。

雖然我的頭腦很累，不過身體還挺有精神的。

小詞聽了我的回答後，就撫著自己的胸口說：「那就好。」

「——那麼，**接下來妳願意跟陪我約會嗎？**」

……嗯？**約會？**

當我睜大著眼睛的同時，小詞也露出爽朗的微笑。

英語裡會出現食物的片語還有「smart cookie（頭腦很聰明的人）」、「pie in the sky（不切實際的想法）」等等！

8 在書店約會

「哇，好久沒來大書店了！」

小詞帶我來一家距離車站稍遠的大型書店。

廣大的空間放眼望去，全都是**書、書、書！**

即使同樣是藏有大量書籍的地方，這裡的氣氛也與圖書館完全不同。

店內明亮多彩的裝潢，讓人光是站在裡面都會興奮不已。

「你今天有什麼要買的嗎？」

我看著周圍的環境，向小詞這麼問道。

是學習用的**參考書**嗎？還是**國語習作**？

但是小詞卻微笑著搖了搖頭。

「不，今天來這裡不是為了要買什麼東西。我只是想和妳一邊在書店裡散步，一邊挑選可以為**圖書館採購的新書**。」

「嗯？挑選為圖書館採購的新書……？」

小詞看了看周圍排列的書籍，然後向我解釋：「圖書館裡會提供低年級到高年級閱讀的圖鑑、字典等各種書。而這些書是**每年一本一本地靠採購所累積下來**。至於需要什麼樣的新書，就得看圖書館的預算範圍內可以購買多少本。」

「喔～所以我們要為圖書館買新書啊！」

我從來沒有想過圖書館該怎麼買書耶。

「基本上，圖書館採購的書單都是由負責老師來決定，但我們學校的圖書館在採購時，負責的老師似乎會聽取圖書委員提出的建議來決定。」

「喔，是嗎？」

居然可以跟老師建議想要買什麼書，這真是太棒了！

原來圖書委員被賦予如此重要的任務。

「我認為小圓可以在下次委員會會議上向老師提出採購書單的建議。雖然不一定會被接受，但只要一想到自己喜歡的書放在圖書館裡供大家閱讀，妳應該也會感到很高興吧？」

「嗯……**這是當然的啊！**」

我點點頭，又看了一眼擺放在書店裡的書。

眼前所見到的是好像很有趣的書、可能很實用的書、封面精美的書……

這四周讓人感興趣的書實在太多了，多到讓我難以挑選最想要的。

「小詞，你已經決定好想採購什麼書了嗎？」

當我這麼問時，小詞將手托在下巴，並露出開心的表情。

「嗯……我當然喜歡各式各樣的書，但成為圖書委員後，最讓我在乎的是借經典文學的人並不多。」

「啊～經典文學……」

我幾乎從來沒有借過經典文學，也許是因為我自己也從來沒有好好讀過它們吧。

雖然裡頭有部分文章在課本上讀過，但我從來不會特地去圖書館借經典文學……

因為我覺得那些經典文學看起來很難懂，所以馬上會打消借閱的念頭。

看到我尷尬的表情，小詞苦笑了一下說：

「閱讀書籍後，卻發現不適合自己是很正常的事。但我認為比較遺憾的是人們不會立即將書拿起來嘗試閱讀看看。畢竟這世界上有很多精采的故事可供我們觀賞。例如……」

小詞停下腳步，並且在一個書架旁將一本書拿了出來。

「這是**《跑吧！美樂斯》**，是大約八十年前所創作出來的故事，是由日本昭和時期的文豪——太宰治所寫的短篇小說。」

「八十年前，哇～這麼久以前的書啊。」

封面上有一張年輕人跑步的照片。

是不是以前某個運動員的故事啊？

「這本書的故事是以『美樂斯很憤怒』這句話開始。」

「憤怒？」

就是非常生氣的意思吧？

「……那這個美樂斯先生為什麼會這麼生氣？」

因為覺得很奇怪，所以就隨口發問了。

然後，小詞帶著有點壞壞的笑容看著我說：

「這個嘛……我也不確定是什麼原因？小圓有興趣的話，我很推薦妳看看這本書，位置就在百天國小的圖書館喔。」

小詞將《跑吧！美樂斯》放回書架上，然後又拿出另一本書。

「這是**《銀河鐵道之夜》**，是由宮澤賢治所著，他是活躍於日本大正時代至昭和初期的童話作家、詩人。」

小詞給我看了一本封面很漂亮的書，上面有一幅閃閃發光的宇宙圖畫。

「哇～這幅畫好漂亮喔！是講宇宙的故事嗎？」

「是啊，主角是一位男孩，他和自己最好的朋友乘坐火車穿越宇宙，一路上他也遇到各式各樣的人。而火車窗外展現的是美麗而奇幻的銀河世界……當火車到終點站的時候，也就是他的旅程結束之時。妳覺得主角在路上**會看到什麼樣的風景呢？**」

「咦～，所以是什麼？他看到什麼風景啊？」

當我很興奮地發問時，小詞又笑了起來。

「這裡就先賣個關子，等妳自己去看才知道囉。」

「怎麼這樣啊～！」

小詞斜著眼偷看嘟著嘴的我，然後小心翼翼地向書架伸出了手。

嗯～我實在是太好奇小詞剛才的介紹。

我想自己還滿喜歡宇宙和星空那種閃閃發光的感覺。

我盯著放回書架的那本書，然後小詞又繼續說：

「宮澤賢治的其他作品包括《風之又三郎》、《要求很多的餐廳》和《夜鷹之星》等書。他作為詩人所寫下的〈不畏風雨〉也是廣為人知。」

「啊！這個我知道！」

就是不怕風、不怕雨……的那個。

我是在電視廣告上聽到的，這個我非常有印象。

原來寫這本書的人**也寫過那麼有名的詩啊**！

「當妳聽到『前人所寫的經典文學』時，剛開始可能會有點退怯，但有趣的是，妳如果用聽**過的詞或喜歡的東西當關鍵字來搜尋**，就會找到符合自己興趣的書。例如喜歡貓咪的話，就會發現夏目漱石的《**我是貓**》；喜歡恐怖故事和妖怪的話，就會找到柳田國男的《**遠野物語**》和小泉八雲的《**無耳芳一**》等等……」

小詞流利地解釋著各種書籍的標題和內容。神奇的是每次聽他說書籍的資訊，我就會覺得很有趣，會想看得不得了！

真不愧是**圖書館王子**！

很多人說只要是小詞推薦的書，即使是最不愛看書的小孩也會變得愛看書，看來這個傳聞是真的。

當我在經典文學書架附近走著時，突然看到童話繪本專區。

「啊，是《**糖果屋**》！」

封面上的圖畫是一個色彩繽紛的糖果屋，因為我很懷念當中的故事所以將它拿了起來。

「我小時候常常讀這則故事耶～！」

由於這本書的故事裡有「糖果屋」，所以我也憧憬著糖果屋的一切。

我很興奮地翻著這本書，而小詞在一旁也很高興地看著。

「我也很喜歡這本書，想像糖果屋的某些構造是用什麼甜點做成的，任何人閱讀起來都會很開心吧。」

「對啊對啊！我會想像一個用布丁做出來的椅子！只要坐在上面，整個人就會晃來晃去！」

我們兩個邊說邊笑。

能有人跟我喜歡同樣的書並且一起討論內容，實在是太有趣了！

「話說回來，《糖果屋》是格林童話之一，據說是一個德國故事改編的。」

「喔！原來這是德國的故事啊？」

小詞點點頭，並專注地看著我。

以前都只是覺得「那是來自外國的故事」，但具體是哪一國我好像從來沒有想太多耶。

「那麼還有什麼其他國家的故事嗎？例如來自美國或法國的故事！」

「我想想……」

小詞走到以兒童讀者為主的「各國書籍」書架旁邊。

「故事有很多種，但在**美國**著名的是《湯姆歷險記》和《小婦人》；在**法國**，《怪盜亞森羅蘋》和《小王子》很有名。其他還有**英國**的《愛麗絲夢遊仙境》；**加拿大**的《清秀佳人》；**中國**的《西遊記》、《三國演義》等膾炙人口的作品被改編成動畫、電影。」

「真的耶！我以前也曾在電影裡看過這些故事！」

我興奮地聽著小詞的介紹。

我都不知道呢！

沒想到世界各地有許多我平時就很常聽到的故事！

因為實在太有興趣了，我開始一本又一本地拿起來看。

這時，小詞從書架上拿了兩本書給我。

「小圓，請妳看一下這兩本書。妳能發現有什麼地方不同嗎？」

「……咦？這兩本書都叫《小王子》？」

小詞拿著書名相同的兩本書。

但書籍封面的設計和尺寸完全不同。

「也許畫這幅畫的人不一樣？」

「沒錯。這是不同出版社出版的《小王子》，而且這部作品還有多個翻譯版本。」

「喔～原來是這樣～！」

經小詞這麼一說，我也看到封面上的「翻譯」旁邊有各自不同的名字！

「……但是翻譯……會因為翻的人不同，就會有不一樣的地方嗎？」

百天國小推薦書籍　撰文 國語詞

日本文學

- □《跑吧！美樂斯》
- □《銀河鐵道之夜》
- □《不畏風雨》
- □《我是貓》
- □《遠野物語》
- □《無耳芳一》

各國文學

● 德國
- □《糖果屋》

● 美國
- □《湯姆歷險記》
- □《小婦人》

● 法國
- □《怪盜亞森羅蘋》
- □《小王子》

● 英國
- □《愛麗絲夢遊仙境》

● 加拿大
- □《清秀佳人》

● 中國
- □《西遊記》
- □《三國演義》

這些書都可以在書店找得到喔！

你是不是也看過任何經典文學呢？
現在請讓我來告訴你一些大家喜愛的故事吧！

因為要是英文「Yes」就會翻譯成「是的」，「Hello」的話就會翻譯成「你好」，每個字一定會照著本國語文的意思去翻譯啊。

翻譯這種東西，不就是怎樣就一定會翻成怎樣嗎？

我看著手上的兩本書，並且對這個問題感到疑惑的同時，小詞開始舉了一個例子向我解釋：

「例如安德說：『How are you?』，如果讓我和小歷來翻譯，我會翻成『你好嗎』，而小歷大概是『你好啊～』或是『最近過得怎樣呀？』雖然是同樣的意思，但選用的字一不同，就會給人完全不一樣的印象吧？」

「確……確實沒錯……！」

根據翻譯方式的不同，**角色講話時所表達出的個性也會完全不同！**

「相同書籍的條件下，比較不同譯者所翻譯出的文章，藉此用不同觀點去瞭解故事，也是很有趣的閱讀方式喔！」

去比較不同譯者的翻譯啊……

沒想到書還能這樣讀，真是讓我大開眼界耶！

「那《糖果屋》的內容會因為譯者的不同，而有所差異嗎？」

「是的，而且除了翻譯的差異之外，還會根據讀者的年齡層來更改結局，或修改文章的表現方式，又或者是調整故事長度等等。各種不同的編修會讓書籍有完全不同的閱讀體驗。」

「真的嗎？那麼我為圖書館買書的書單就是《糖果屋》了！而且還要和圖書館裡的版本不同！」

我興奮地從繪本區中拿起了《糖果屋》……然後突然想起一件事：

「……啊，可是《糖果屋》比較像是給小小孩看的書，放在圖書館裡應該也沒什麼人要看吧……」

我很灰心地垂下雙肩，但小詞立刻搖頭說：「沒有這回事。」

「我可不這麼認為喔。像我自己也很喜歡看繪本，而且用『什麼年齡就只能讀什麼書』的想法來挑書，其實就可惜了認識書的機會。我認為每個人都可以去讀自己想要看的書，讓任何書都有機會來感動自己的內心。」

小詞輕輕碰著我手上的書。

「同樣一本書，有的人看了會笑，有的人則是會流淚。即使同一個人在不同的日子看書，也會得到完全不同的感想。書不管什麼時候都會悄然貼近內心——是我們堅強又體貼的最佳摯友。」

小詞滿是熱情地發表自己的想法。

他的每一句話都深深進入我的心中，並且溫暖著我的全身。

書是堅強又體貼的最佳摯友……

我再次低頭翻看著《糖果屋》。

這則來自德國的故事，我小時候就已經看過了。

即使已經長大，透過再次閱讀，依然能產生出懷念和興奮的快樂心情。

這就像是——與兒時的好友重逢一樣！

我的臉上很自然地露出笑容，並且慢慢環顧四周的書本。

在那些色彩鮮豔的書當中，也有散發悲傷氣氛的書。

我相信每本書都在等待有人拿起它的那一天——它們絕對期盼著見到摯友的那一刻！

「……書真的很有趣呢！」

當我打從心底說出這個感想時，小詞的眼睛也隨著閃閃發亮。

「是啊！」

他用燦爛的笑容點頭回應。

小詞實在是非常喜歡書呢。

（……我也好希望自己能像小詞那樣，將書是多麼地有趣這件事，告訴學校裡的每一個人。）

我環顧書店明亮的空間，心裡默默地這麼想著。

9 悲劇之戀

之後我在書店逛著逛著，突然被一樣東西吸引了注意力。

「啊，這張紙好可愛喔！」

有一張紙像是要探出頭來一樣，平放在某本書的旁邊。

那張紙很小，上面卻充滿色彩繽紛的文字，而且邊緣還有可愛的插畫。

「這張紙叫ＰＯＰ廣告，是介紹書籍資訊的卡片。」

「帕普？」

我馬上聯想到爆米花，小詞聽了先是露出驚訝的表情，然後噗哧一笑地繼續向我解釋：

「ＰＯＰ是『point of purchase』的縮寫，指的是商店用來向顧客推銷特定產品的廣告。如果出版社有想要促銷的書籍時，有時會請書店店員在那些書的旁邊放上ＰＯＰ廣告來進行推銷。」

「喔～是這樣啊！」

我點了點頭，然後我又看了一眼剛剛的ＰＯＰ廣告。

『謝謝大家願意與我相遇！

當紅兩人組音樂團體「＆Ｓ」官方認證自傳！充滿歡笑與淚水的真實成功故事。不管你是正在追逐夢想的人，還是正在為夢想努力的人……只要讀了這本書也一定會被溫暖內心！本出版社自信推薦！』

「哇噻……！」

我的目光被這段熱情的文字吸引住了。

看來寫這段文字的人很喜歡這本書，而且很希望每個人都來去讀這本書。

那麼這本書到底是在說什麼故事啊？

我好奇地拿起書來看，這時小詞很高興地微笑著說：

「圖書委員的活動中也有類似製作 POP 廣告的工作喔。雖然自新學年以來，我沒有做過任何 POP 廣告，不過圖書館為了張貼公告介紹書籍，其實做了很多努力。」

「啊，小詞之前也有對我說過這個吧？」

介紹書本的推薦布告感覺上雖然很困難，但做起來一定會很有趣吧。

我也想做一個試試看！

時間一眨眼就過去了。不知不覺間，我們來到店裡已經過了一個小時。

接著，我們匆匆搭上電車回家。

「我覺得今天有點晚回家了。小計一定會生氣。」

「沒關係，我已經向大家報備過今天可能會晚一點回家。」

小詞看著車窗外的風景說道：

「真是『光陰似箭』啊……，我其實很想獨占跟小圓相處的時光。」

「咦？」

小詞的笑容讓我看不出是在開玩笑，還是認真這麼說。

我盯著那張側臉的同時，心也有點開始噗通噗通跳了。

現在仔細一想，和「圖書館王子」一起逛書店，絕對是每個小詞粉絲都會羡慕的奢華行程。

只要對象是小詞，大家一定都會想跟他一起在書店裡約會。

（約會嗎……如果與小詞交往的話……去書店或圖書館之類的地方……，就能算是約會吧？）

忽然間，我的腦中顯現出一個閃閃發光的畫面：

晴天的時候，我們一起開心地聊天、逛書店；

下雨天的時候，我們一起在圖書館悠閒地看書；

我還在他專心閱讀時偷偷地看他認真的側臉；

與小詞一起度過的平靜時光。

哇，感覺很快樂耶……

（……等一下！我……我幹嘛開始胡思亂想！）

我用力搖著自己的頭，想把幻想從腦中甩出去。

哎唷，怎麼這樣啦。

最近我會去想戀愛的事，而且在圖書館聽沙也加和她的朋友講有關愛情的八卦，讓我現在變得很容易胡思亂想……

小詞注意到了我的目光後，也忽然微笑地看著我說：

「思緒有沒有稍微平靜一點呢？」

「咦？」

「我想最近應該有很多事情……讓妳很煩心吧。」

小詞的眼神既溫柔又正直。

我的心就像是被看透一樣，於是我立刻閉上了眼睛。

「……嗯，我應該只是有點累了。因為最近圖書館有很多麻煩呀，對不對？我一直在想自己要找什麼方法解決……」

不管是為了圖書館，還是為了準備考試，或是為了讓學科男孩們都成為真正的人類，我都必須花很大的精神思考很多事情。

「不過多虧了小詞，我現在感覺好多了。**謝謝你！**」

當我笑著這麼說時，小詞點了點頭，表情像是稍稍鬆了口氣。

「『靜待航行良機，晴天遲早到來』，圖書館的風波也只是一時的，我認為過不久就會平息下來。」

「嗯？『等等，等等，良……雞』？」

良好的……**雞……？**

在我歪頭困惑的時候，小詞開始向我解釋：

「是『靜待航行良機，晴天遲早到來』。比方說妳看到海面上波濤洶湧，其實不用急著出航，只要慢慢等待時機，最後還是能等到風平浪靜的一天……意思是說，**總有一天情況會好起來的。**」

聽了這個說明後，我又想起了一件事。

「啊！安德前幾天也說過類似的內容。是用英語說什麼『很久的黑夜』……？」

小詞點點頭，立刻回答我：

「是不是莎士比亞的『The night is long that never finds the day.』？」

「啊，對對！是傻事比亞！」

「傻事比亞？」

「啊，沒什麼……」

我慌忙地揮著雙手想含糊帶過。

「不過我好意外喔，沒想到小詞也會說英語！」

「不，我只是知道書中的幾句名言而已。不過我也喜歡莎士比亞的戲劇喔。像是《威尼斯商人》、《哈姆雷特》、《羅密歐與茱麗葉》……」

「是這樣啊！話說回來，傻事先生也寫過《羅密歐與茱麗葉》呢。」

我隨口這麼說，但小詞卻皺起了眉頭。

「喔。原來小圓知道這個故事嗎？」

「嗯!?嗯……」

我有點猶豫，不知道要不要老實回答。

因為我閱讀《羅密歐與茱麗葉》的原因是為了要「**研究愛情**」。

要是小詞知道後，我會很尷尬。

「呃……嗯，我們的圖書委員關本同學向我推薦這本書，但是我讀了以後，總覺得有點難懂，所以一到期我就先還書了。我有看到兩個人在陽台說話的那一幕……**之後羅密歐與茱麗葉應該會獲得幸福吧？**」

雖然他們兩人在一次宴會上相遇並墜入愛河，但在茱麗葉知道羅密歐來自她們仇人的家族後，感覺她開始變得很煩惱了呢。

不過，羅密歐卻在茱麗葉的房間陽台下熱情地表達出對她的愛意。

於是兩人馬上就約好了要結婚，而且還要不被彼此的家人發現……

「呃……**可以讓我說一下這個故事嗎？**」

小詞一臉擔心地詢問我。

「好啊！我一直很在意那個故事結局是怎麼樣。」

我點頭表示同意後，小詞先是猶豫了一下，然後繼續說：

「羅密歐和茱麗葉後來偷偷地結婚，但在歸途中羅密歐卻殺死了茱麗葉的表弟，所以羅密歐就被城鎮放逐。然後，茱麗葉也被迫嫁給雙親選擇的另一個人。作為反抗，茱麗葉服藥讓自己處於假死狀態，而她的家人們也相信她已經死了。之後，羅密歐也再度與茱麗葉見面……」

咦？羅密歐殺了別人的表弟，還被放逐了？茱麗葉還吃藥裝死？

隨著故事的發展，我聚精會神地聽著小詞說話。

「那……他們兩個後來怎麼了？」

「……不幸的是，這個假死的計策也讓羅密歐誤會了。當羅密歐看到茱麗葉時，卻真的以為她已經死了，對此感到絕望的羅密歐因此服毒自殺了。」

咦……？

在我傻眼的當下，小詞又繼續說下去：

「後來，茱麗葉從假死中醒來，震驚地看到羅密歐死在自己面前。為了追隨羅密歐的腳步，於是她用劍刺進自己的胸口……」

「**死……死了嗎？**茱麗葉也死了嗎？」

小詞一臉嚴肅地點點頭。

「《羅密歐與茱麗葉》是一部敘述『悲劇之戀』的作品。」

怎……怎麼會這樣……

我開始覺得渾身發軟，只能緊抓著欄桿不放。

彼此相愛的人怎麼會死掉呢……？

悲劇之戀又是什麼啊？

我還以為這是一對情侶透過努力，就一定能克服難關的故事。

唉，我的腦袋已經不行了，**這個結局實在是太莫名其妙……！**

（我不可能對愛說什麼，畢竟我可能永遠無法理解「愛」呀……）

就在這時，我深深嘆了口氣。

「你怎麼這樣說？太過分了。」

突然間，另一邊傳來很激動的說話聲。

我驚訝地往聲音的方向看去。

發現同車廂的後面，有一對看起來像是大學生的情侶正憤怒地吵架。

「夠了，我們之間就這樣結束吧！」

「喂，等一下！我還沒打算跟妳分手！」

接著，車子到站時車門一打開，兩人就衝了出去。

看到這番景象的我很吃驚，只能呆呆地站在原地。

（那個姊姊哭了耶……）

等到電車再次移動時，我腦裡又開始想東想西。

不知道發生了什麼，導致他們兩個分手。

但是……我相信那對情侶曾經一起開心，一起歡笑。

無論多麼美好的愛情……總有一天會以悲劇收場。

就像羅密歐與茱麗葉最後死掉那樣。

「……」

總覺得喉嚨有什麼東西卡住，感覺呼吸不過來。

——所以愛情到底是什麼啊？

之前有人對我說愛情是每天都閃閃發光，快樂幸福地過著每一天。

真的有辦法湧現出力量，克服任何煩惱嗎？

但如果不是這樣的話……

要是結局沒有人會幸福又該怎麼辦？

如果真的是這樣的話，那我寧願不要談戀愛。

戀愛這種東西……！

「……小圓？」

小詞的呼喚聲，讓我猛然地回過神來。

「呃……？」

「妳還好嗎？妳的臉色看起來很蒼白……對不起，都是我帶妳到容易耗費體力的地方待太久。」

為了不讓小詞繼續擔心，我連忙地搖搖頭。

「沒有！我不累，我很好！倒不如說我真的要多努力才行。我必須做好的事情，就該好好地把它完成——」

「小圓，別把自己逼得太緊喔。」

小詞忽然湊近過來。

「……不要什麼事都攬在自己身上，妳可以多依靠我。不管什麼時候，我都會支持妳的。」

溫柔的聲音讓我的心猛然地一跳。

小詞漂亮的眼睛看著我時，我的身體也隨著僵硬無法動彈。

我知道……這只是小詞想幫我從沮喪中恢復心情……！

雖然我很清楚是這樣……！

「啊，那個，謝謝你……」

嘰——！

「啊!?」

隨著一聲巨響，電車突然劇烈晃動起來。

在那一瞬間，我的背部受到一陣衝擊。

「哎唷……好痛喔……！」

我一邊皺著眉頭，一邊輕輕睜開眼睛……

「……」

咦？

我的大腦整個停止運轉。

因為小詞的臉就在我的眼前。

他的手臂貼在牆上支撐身體，就在我的臉旁邊。

（我……我、我們的臉靠得很近……！）

我的心跳得很快，甚至無法眨眼或呼吸。

而小詞一臉困惑地看著我。

就好像這個世界已經靜止了，只剩下我們兩個人……

『呃——本車因為交通信號的關係，現在必須緊急停車。在確認問題排除後，本車將再度發車。造成任何不便，在此表示歉意。』

車內廣播響起，我恍然大悟。

「啊……啊，**對不起！**」

我趕緊將手從小詞的手臂上移開。

在我有些跌跌撞撞地向後退時，小詞立刻抓住了我！

「我沒有支撐好，不好意思。」

「不、不會，是我對你比較抱歉。」

我們兩人面紅耳赤地四目相交。

（怎麼辦……）

我們有一陣子沉默不語——接著在忽然間，我感覺背後傳來某個視線。

雖然覺得有點奇怪而往後查看，卻看不到有誰正看著我。

剛好最後方的車門關了起來，看向隔壁車時，似乎可以看到有某個人的身影就這樣消失了。

是我的錯覺嗎……？

「那個……有沒有哪裡受傷呢？」

聽到小詞的說話聲後，我把頭轉回前方。

雙眼對看的那一瞬間，我的身體突然僵住了。

「呃，不，**我沒事……**」

我馬上向後退一步，與小詞保持距離。

就在那一瞬間，小詞的表情似乎沮喪了下來。

（啊……）

陷入這個尷尬氣氛的同時，也正好到了要下車的車站。

「……我們下車吧。」

小詞對我微笑了一下，然後就開始往前走。

不過，他的笑容有點不自然。

（對不起，小詞……）

我的胸口因為愧疚而揪緊。

雖然我覺得自己知道什麼是戀愛後，就有可能找出讓學科男孩們成為真正人類的方法。

但是我……

現在反而不知道該如何看待「戀愛」了。

10 鞋櫃裡的信

即使到了夜裡，心中那種困惑的感覺還是沒有消失。

我在結束了一天的念書行程後，開始準備回房睡覺。

……可是，卻一直沒有睡意。

「唉……」

我一邊嘆氣，一邊看著攤在桌子上的書。

《物品寄宿生命．付喪神傳說》

這本古書中，存在著只有我才能看懂的一頁文字。

這神祕的一頁裡，最右邊的第一行正浮現出一段清晰的文字。

「與人類產生聯繫，就能成為人類」

……我只能讀到這裡。

剩下的部分只是混亂又模糊的字母和符號等，看起來很奇怪的內容。

這兩頁或許隱藏著什麼祕密訊息，把全部的內容解讀出來，或許能發現什麼可以讓學科男孩成為真正人類的方法。

為什麼剩下的部分我完全沒辦法解讀？

我的心中開始慢慢產生出不耐煩的焦躁感。

我媽媽去世了，然後我遇到了學科男孩們……**現在我不想再失去自己所重視的人。**

所以，我拚命地開始尋找讓男孩成為真正的人類的方法。

現在我以解讀這本書為優先，一邊想辦法在測驗中取得好成績。

我不知道男孩們會在什麼時候突然消失？所以得盡力做好應該做到的事情。

但是……**我根本無法解讀這本書。**

雖然馬上就要考試了，但還是沒辦法念書。

不過，安德所說的……**現在看來就只有那個方法了……**

——再這樣下去，我就無法保護任何人了！

叩叩

聽到傳來的敲門聲時，我猛然地抬起頭來。

「小圓，妳現在有空嗎？」

是小計的聲音。

我猶豫片刻後，站了起來打開門。

小計的表情和平常一樣，一邊看著手中的筆記本，一邊開口說話：

「我要跟妳確認明天的複習安排。放學後安德有委員會的例行活動，沒辦法來家裡。所以明天妳要自習英語，就由小歷……」

本來語速很快的小計話才說到一半，就突然沉默了。

他皺起眉頭，並且專注地看著我的臉。

「妳怎麼了？」

「啊，沒有！」

我急忙低下頭。

今天可能又會因為沒有專心複習而挨罵……！

當我緊張到縮起身體的時候，小計的臉也離我越來越近。

「……我從剛剛就想說了……」

「咦？什……什麼!?」

近距離看著小計的臉，讓我的心跳突然加速了起來。

清澈的眼睛和直挺的鼻子。

儘管我很想把眼睛撇開，但不知道為什麼我只是一直盯著他看，而且心臟也激烈地跳個不停。

（什……什麼!?這個距離！我不要了！我根本不懂愛啊……！）

我的腦中陷入大恐慌。

小計突然緩緩瞇起了眼睛。

然後他低聲嘀咕了一句：

「……妳這個瀏海，看起來就像武士髮髻一樣。」

……

……什麼？

我聽了以後當場目瞪口呆，然後小計突然噗哧地笑了出來。

「反正妳明天英語是自習，就這樣吧。別熬夜了，沒事就早點睡覺。」

他接著說了句晚安，就轉身離去，往對面男孩們的房間走去。

當我站著時，輕輕地將手放在我的頭上。

瀏海綁在頭頂，防止睡覺時擋住臉。

……糟了！

男孩們看到我這樣，我會很尷尬的，**所以我總是在睡覺前才把頭髮綁起來！**

但是小計，他剛剛看到了！而且**笑我！**

因為一想到小計剛才看到我的樣子，讓我加倍尷尬，現在覺得全身的血都衝到臉上了。

「算了～！這又沒關係！這樣子反而睡得更好啊！」

哼！

我大聲回答，然後故意大聲地把門關起來。

第二天早上。

我像往常一樣和男孩們一起去學校，然後走到了鞋櫃那邊。

鞋櫃的位置同班同學會放在一起。

而我也很自然地接近小詞的旁邊。

「……」

怎麼辦？話都說不出來了。

越是不去想，就越是會去注意。

「今天的學校午餐好像是甜甜圈。」

「嗯？」

因為小詞突如其來的話，漫不經心的我並沒聽清楚。

「小圓，妳喜歡吃哪口味甜甜圈？是黃豆粉還是可可粉？」

小詞的表情和平常一樣平靜。

我連忙回答：

「我、我比較喜歡可可！小詞呢？」

「我兩個都喜歡，但如果要選一個，我會選黃豆粉。我現在就開始期待今天的午餐時間了，嗯……？」

突然間，小詞停下了動作。

他慢慢伸出手，從鞋櫃裡拿出了室內鞋以外的東西。

——是一本書。

「啊？是怎麼回事？」

當我驚訝地問時，小詞皺起眉頭搖了搖頭。

「不知道，我沒有任何頭緒……」

「啊。也許是圖書館裡某個忘記還書的孩子把書放在這裡？他可能覺得小詞是圖書委員，就直接放進去了吧……」

正驚訝的同時，小詞打開那本書，裡頭有個東西飄了出來。往地上看，原來飄出來的是一個白色信封。

（咦？**難……難道是情書!?**）

我的心臟開始在胸口狂跳。

記得關於那個書本精靈的傳聞裡，好像有說過：「寫情書給心上人後，再把情書夾在書裡……」該不會真的是那種情書吧？

小詞有些疑惑地打開信封，然後取出裡面的紙。

（……不、不要！）

當小詞即將看到裡面的內容時，我迅速地遮住視線。

雖然我真的很好奇，如果是一封情書的話……

但是，如果是寫給小詞的情書……真不知道那個人是誰……？

當我緊張地低下頭時，小詞像是顫抖地低聲說：「這個是……」

奇怪？聲音聽起來有些不對勁耶。

我覺得奇怪的同時，往旁邊一看，看到其他學科男孩臉色鐵青地著急跑了過來。

「欸……小詞，這個東西是……」

小歷突然倒抽了一口氣。

而我也直盯著那封信上面寫的。

警告！

讀完這封信的人，將在一週後遇到不幸的事。

圖書館裡的惡魔

那個用血紅色墨水寫出的詭異文字，和我之前在圖書館發現的一樣。

「這是惡作劇嗎？還真是討厭的玩笑。」

小計皺著眉頭說道。

小理擔心地偷偷看著小詞的臉。

「……小詞，你還好嗎？」

小詞輕輕地點了點頭，用指尖輕輕撫摸著書的封面。

「我沒事。只是……書本被這樣利用，我覺得實在是很遺憾。」

看到小詞垂頭喪氣，我的心也跟著揪緊。

小詞喜歡讀書，也喜歡圖書館。

到底誰會做這種事？

不知為什麼，在感到不安的同時，心底也有一股焦慮感在翻騰。

——沒錯，這是壞事即將要發生的預感。

11 關閉圖書館

應小詞的要求，我們決定不將這封信的事情告訴任何人。

雖然小計生氣地喊著：「到底犯人是誰！」但因為小詞本人這麼希望，所以小計並沒有繼續追究下去。

小詞似乎並不在意，一如既往地保持著平靜的表情。

但是……我還是很擔心。

雖然我知道這是惡作劇，但這次是有人刻意針對小詞。

這和上次在圖書館，隨機發現書裡夾著一封信時的情況不同。

「……小詞，你確定不用告訴老師嗎？」

回教室前，我們兩人在前往圖書館的路上，我這麼問著小詞。

不過，小詞則是微笑著點點頭。
「是的，因為我不想小題大作。比起這件事，我希望能盡快將這本書放回原處。」
小詞單手拿著那本書，並且露出溫柔的笑容。
雖然小詞就是這樣，比起自己的事，更在乎別人……甚至是書本……
當我沿著三樓的走廊走到圖書館門口時，突然聽到一聲巨響。
之後，我看到大門打開了。
「……啊，花丸同學、國語同學，你們來得正好！」
圖書館負責人三笠老師一臉慌張地走了出來。
老師平常是個溫柔隨和的人，不曉得發生了什麼事？
「老師，有什麼事嗎？」
當我開口詢問時，老師先是調整一下自己的呼吸。
「今……今天早上我來圖書館時，**看到了上次那封信。**」
「咦!?」

老師手上拿著**「圖書館裡的惡魔」**的信。

而且不是只有一封信……還有很多其他一樣的信!?

「我現在要去教職員室開緊急會議。啊，這些可以請你們清理一下嗎？還有不要讓其他同學進來圖書館，關門時也別忘了上鎖！」

「啊，我……我知道了……」

說完後，老師急忙地往走廊跑去。

我和小詞互相看著，然後再彼此點了點頭。

現在我緊張地心跳加速。

咔啦

「嗚哇……」

當我走進圖書館的時候，馬上感到一陣愕然。

因為地上滿是大量信件。

甚至還貼滿了牆壁和書架。

「太過分了……」

我震驚得說不出話來。

小詞則是呆站著，臉色蒼白且一臉驚訝。

「……我們還是把這些清理乾淨吧。再這樣下去，圖書館有些慘不忍睹。」

過了一會兒，小詞突然這麼說。

我聽了以後點頭同意，然後開始彎下腰去撿信。

我的手在顫抖。

因為……

我能感覺到這些信中的訊息，都散發出非常「憤怒」的情緒……

圖書館整理完後，我們回到教室就發現剛才的事情已經在班上成為話題。

「召開緊急會議耶！聽說是因為『圖書館裡的惡魔』詛咒！」

「好恐怖喔～，真的有惡魔嗎？」

「對了，沙也加今天缺席的原因就是因為那封信吧？看樣子真的有厄運降臨到她身上了……！」

四周都在傳著這些謠言。

有的同學覺得好笑，也有些同學覺得很害怕。

整個班級都充滿了混亂而且不愉快的氣氛。

「什麼詛咒……感覺很討厭耶。」

「就是說啊。就惡作劇來講，弄成那樣未免也太認真，實在是很過分呢……」

小優與和佐不安地交談著。

當我正坐立不安，並且無法參與他們的對話時，突然聽到走廊傳來響亮的腳步聲。

「喂，花丸！花丸在嗎？」

川熊老師著急地跑進教室。

當老師一發現我時，就用力地揮揮手。

「麻煩妳過來一下！教務主任想跟圖書委員長談一談！」

咦？教務主任要找我!?

我立刻看向小詞。

小詞也一臉擔憂地看向我，然後又迅速回頭看向老師。

「老師，我也去，因為我也是圖書委員。」

小詞站了起來。

然而老師還是一臉不安的樣子，又叫了我的名字。

「呃，還是謝謝你啦國語同學，但委員長是花丸吧？好了，花丸，快點出來！」

「好……好的……。」

我急忙從座位上站起來，向老師的方向跑去。

川熊老師帶我進入**教職員室**。

門一打開，裡面的老師們一下子全都看向我。

所有人都一臉擔心，現場的氣氛也很凝重。

我低下頭，躲在川熊老師的背後，並一直走到教職員室最裡面的桌子前。

「教務主任，這位是圖書委員長花丸同學。」

川熊老師說話的同時，教務主任也緩緩地站了起來。

我們學校的教務主任是一位五十歲左右的男性，而且還戴著眼鏡。

他的目光銳利，而且說話像是台機器一樣冷靜，所以學校的孩子們都有點怕他。

教務主任用嚴厲的眼神看著我。

「花丸同學，很抱歉突然找妳過來。我們希望跟妳聊聊一些事情。」

我感覺自己的心臟跳動得很激烈，同時也戰戰兢兢地點頭。

教務主任表情沒有任何變化，繼續平靜地說著：

「我們已經收到三笠老師關於這封信的報告，在這裡所有教職員們都已經知道大致上的情形。此外，還聽說很多同學在圖書館裡不遵守使用規範，所以想請問妳以圖書委員長的角度，對這個現象有什麼看法？」

「那……那個……呃……」

怎麼辦？

「我確實認為沒有遵守圖書館使用規範的同學變多了。」

當我小聲地這麼回答時，教務主任立刻又問了我一個問題：

「變多的原因是什麼？請問妳有任何想法嗎？」

「呃……這個……」

我該怎麼辦。

我該告訴老師是「書本精靈」的傳聞嗎？

但要是我把這個傳聞告訴老師，說不定會給無端捲入這場風波的小優帶來很大的麻煩……

而且小詞也說不想把事情鬧大……

「我發現越來越多同學上課時在課桌下翻著其他書，我常常得再三警告他們別那麼做。」

「是啊，我的班上也是這樣。雖然我不認為孩子們對書感興趣是壞事，但這個行為會干擾到上課的進行。」

老師們邊說邊互相點頭。

我都不知道最近發生這麼多事情，不只是圖書館，連班級上課也出現問題。

（怎麼辦……？我到底該怎麼辦……？）

總覺得必須說點什麼，但我什麼也沒辦法說出來。

我現在就只是單獨一人站在擠滿了老師的教職員室裡。

感受到孤獨、焦慮和大腦一片空白的感覺。

「……我知道了。」

教務主任開口說道：

「我認為這起事件就惡作劇而言，已經有點太過分了。如果以後事態又進一步惡化，也許會對孩子們造成傷害……所以我認為在確認安全無虞之前，最好先暫時**關閉**圖書館一陣子。」

……咦？

我站在原地發呆。

老師，剛才說了什麼？

「請……請等一下，教務主任。我認為沒必要關閉圖書館……」

圖書館負責人三笠老師驚慌地走向前辯駁。

然而，教務主任用銳利的目光制止了她，並搖了搖頭說：

「當然，我也不希望如此。但孩子們的**安全**才是最重要的。」

「這……」

「我也同意教務主任的意見。我認為我們應該慎重地看待這件事。」

「我也贊成。」

「也只能這麼決定了。雖然孩子們會很失望……」

老師都表情嚴肅地同意教務主任的意見。

（怎麼辦……怎麼辦……）

我必須說點什麼才行……

我越想思考，腦袋裡就越是找不出任何字眼來表達自己的想法。

就在這個時候，教務主任先是環顧了整個教職員室，然後開始發表聲明：

「我會在今天的朝會上宣布，告知所有學生，**圖書館將無限期關閉，直到這次的騷動解決後為止。**」

12 英語單元測驗

我搖搖晃晃地離開了教職員室。

頭腦一片空白，身體也使不上力。

（我什麼都做不了……）

明知道圖書館就要關閉了，但我只是眼睜睜地看著這件事發生。

還有不遵守圖書館使用規範的同學們，雖然早就知道了，我也無法解決……

「圖書委員可以說是『圖書館的守護者』。」

小詞的話語在我腦海中迴響著，同時我也淚流滿面，後悔並且自我厭惡著。

心中痛苦的感覺，就像要把我的胸口撕裂……——！

「——小圓！」

一抬頭，就看到小詞從走廊的另一邊朝我跑過來。

而他的身後還有小計和其他學科男孩。

「妳還好嗎？對不起，如果我也能和妳一起去就好了……」

我毫無表情地搖搖頭。

「我、對不起，小詞……我……」

淚水開始從眼睛湧出來。

不行，我看不到小詞的臉了。

「圖書館要關閉了」我無法把這件事告訴比誰都喜歡看書、愛護圖書館的小詞……！

在我肩膀整個發抖時，突然有一股溫柔的感覺輕輕包覆過來。

「圓圓，沒關係，我們都在喔。」

原來是小理輕輕拍著我的肩膀。

被小理抱在手上的小龍像是要安慰我一樣，對我吐著舌頭。
看著小理溫柔的眼神，我的心情漸漸平靜下來。
「……對不起。謝謝。」
我吸了一下鼻涕並且點點頭後，就把教職員室裡發生的事告訴了大家。

「關閉圖書館……這真是嚴厲的決定呢。」
小歷表情嚴肅地抱起雙臂。
安德彎著腰並且直視著我，對我說：
『別責怪自己，這不是小圓應該擔心的事情。』
「對呀對呀。有錯的是那個引起騷動的犯人。」
小歷也對我親切地微笑。
我很感謝他們安慰我，所以只是點點頭回應著。
但即使如此，我還是有一些責任……

「小圓。正如安德和小歷所說的，這件事從來都不是妳的責任。這件事對我們來說也一樣……大家也是無可奈何。」

小詞很不甘心似地咬著嘴唇。

看著那張臉就感到心痛，所以我又再度閉上了眼睛。

如果早知道會發生這種事情，我就不會當委員長。

如果是小詞當委員長的話，他可以在事情變得如此嚴重之前採取行動。

而我卻什麼都做不到……！

「喂，小圓。妳還好嗎？」

我聽到小計的聲音，輕輕地抬起頭。

（咦？）

我的心臟突然激烈地跳動起來。

小計的……不對，每個男孩的臉都變透明了!?

（不會吧，怎麼會變這樣……!?）

心跳聲像警鈴般不斷在體內響著。

我著急地揉了揉眼睛，又仔細地看了看。

每個人都用擔心的表情看著我。

我仔細地看著他們……

小計、小詞、小理、小歷、安德。

變透明……了嗎？沒有！**沒有變透明！**

「那……那就好……原來是我看錯了……」

我鬆了口氣，但全身也冒出了冷汗。

（但是……男孩們隨時都會變透明也不奇怪……）

因為學科男孩們不是真正的人類，他們是不穩定的存在。

他們的身體過去有好幾次突然變得透明。

如果我又犯下什麼錯誤，就會讓這種危機再度發生……

引起我不安的想法突然湧現，讓我不由得用力咬緊牙關。

「喂，你們在做什麼？快回教室！」

樓下傳來老師的聲音。

於是我們急忙往教室走去。

「……不管如何，小圓現在得立刻消除心中想的雜念。」

小計小聲地說。

「第一節課，一班是考英語單元測驗吧？現在得集中注意力，想辦法取得好成績。圖書館的問題，我們等考試結束後再一起討論。」

「……好。」

我收緊下巴並輕輕點頭，小計也停下腳步，將手放在我的肩膀上。

「妳要振作起來，小圓。」

小計用堅強的眼神直視著我的雙眼。

「之前的努力不會背叛妳的。妳自己也已經很努力地學習過了吧？聽好了，不到最後關頭妳都不能放棄！」

小計的話提醒了我。

（是啊……我得消除心裡的雜念……再這樣下去可不行……）

我拚命地這麼告訴自己。

正如小計所說……我現在需要集中注意力考試。

我一直以來拚命地用功讀書，慢慢提昇自己的成績……就是靠著這種方式跨過危機。

……唯一能讓我走到最後的方法，就只有「考試」了。

因為我能為大家做的，只有考試這件事了……！

英語的單元測驗在第一堂課時進行。

「我們首先會做**聽力測驗**，播放音檔時請各位保持安靜！」

老師一邊在黑板上寫著考試的開始和結束時間，一邊宣布考試時的注意事項。

感覺每個同學都對他們的第一次英語測驗感到緊張。

「好了，那我們開始囉～」

首先是聽力測驗。

老師用電腦播放英語題目的音檔，而我們則是將題目的答案寫在答案卷上……

『Hi, Mary. What color do you like？』

英語會話就這麼直接傳到耳朵旁邊了。

哇，怎麼辦。我沒有聽清楚！

我完全聽不懂，只好先隨便在答案卷上圈上答案。

就在我驚慌失措的時候，另一道問題又開始播放了，這次我一樣沒聽清楚……

（怎麼辦……第一次英語考試變成這樣……明明安德還用心幫我複習考試……！）

而且我覺得自己越想集中注意力，就越會去思考其他事情。

『Hello. I'm Julia.』

（茱莉亞……？茱麗葉……）

當我聽到這段英語時，卻突然想起《羅密歐與茱麗葉》的故事。

這時有一股煩悶的感覺在我的內心湧起。

（真是的，什麼悲劇愛情……而且假死再私奔根本就是餿主意……）

因為無法集中注意力在考試上的焦躁感，讓我開始在心中抱怨起《羅密歐與茱麗葉》的劇情。

如果是我，我就會想別的辦法。

雖然我無法立即想到任何具體方法。但我覺得只要不放棄地繼續思考，肯定能找到好方法……

想到這裡，我突然想起小計的話。

「聽好了，不到最後關頭都不能放棄！」

我的大腦馬上冷靜下來。

對呀……學科男孩們已經告訴過我很多次了。

「要相信自己，不到最後關頭都不能放棄。」

努力學習不會背叛我的。

相信自己的努力，也相信男孩們……所以我原本滿江紅的成績現在已經越來越好了。

如果是這樣的話……我想其他事情也一樣能變好……

不管是關閉圖書館，還是幫助學科男孩變成真正的人類……想要找出解決方法就只有一個重點。

——那就是不到最後關頭，都不要輕易放棄。

要不斷地思考，直到找到答案！

只要這麼做的話，**肯定能解決問題……！**

突然間，就像是周圍的雲霧散去，眼前的一切都變得明亮起來。

沒錯……「無論黑夜有多長，白晝依然會到來！」

（好……！）

重整好自己的心情，再度面對考試吧。

聽力測驗我幾乎無法做出正確的回答，一下子就結束了……不過，後面還有題目要寫！

籠罩在我腦中的迷惘消失了，現在可以順利用心看題目了。

問題５：請選擇符合下列英語單字的插圖。

Baseball

啊，是「Baseball」！

這是安德教過的！

插圖是「A玩棒球的男孩」，「B蛋包飯」和「C花朵」。

所以我的答案是……「A」！

問題6：請依照提示排列出相應的英語單字：姓名。

姓名（m·e·n·a）

姓名的英語是……

字母的正確排列先是「n·a」

然後是「m·e」。

所以正確答案是「name」！

我的注意力越來越集中了。

好！就以這個步調解決全部的問題吧！

「……時間到！本次的考試到此結束，請各位放下手中的鉛筆——。」

隨著老師的說話聲，原本安靜的教室又出現平時鬧哄哄的活力。

坐在最後面的同學站了起來，把同一排同學的答案卷全收集好，一起交給老師。

（嗯……有確實作答到的題目比預料中的還多！）

前半段的聽力測驗雖然完全不行，但是後半段的閱讀和寫作題目我覺得自己答得不錯！

我想這樣應該不會不及格吧？

噹噹噹噹。

下課的鐘聲響起，值日生也喊出下課口令。

我先是在心裡堅定了自己的決心，然後握緊拳頭站了起來。

「——有件事想拜託大家。」

下課時間，我集合五個學科男在圖書館前說話。

而圖書館大門上面正掛著「休館」的告示牌。

我咬著嘴唇盯著告示牌，然後轉身面向男孩們。

我先是深吸了一口氣……

「我希望你們跟我一起想辦法，讓圖書館重新開放！」

我雙手握拳，並且放在身體側邊。

「聽到圖書館要關閉的時候真的很震驚。雖然我是圖書委員的委員長，卻對這件事無能為力。因為我沒有足夠的力量可以保護圖書館，只能在一旁沮喪……」

甚至是在關閉前，就開始覺得自己無能為力了。

我只能一個人擔心，覺得自己走投無路……完全拿各種發展沒辦法。

「……但後來我發現，面對問題就要像面對考試一樣，不管問題有多麼困難，都不可以放棄。

到最後一定能找到答案，解決問題的道路也會變暢通！」

我應該早點意識到這一點才對。

到目前為止，我已經遇到過很多重大難關。

即使如此，我每次都能克服困難，**這是因為我從未放棄**。

而且……我的身邊也會有人提醒我「千萬不要放棄」！

「請求大家也把力量借給我，一起讓圖書館重新開放……」

我立刻向他們鞠躬。

同時我的心臟也傳來劇烈的跳動聲。

在我緊張地靜靜抬起頭時。

「小圓。」

小計咧嘴笑著看我。

「我們可是學科男孩喔。只要妳希望我們幫忙，我們一定會幫妳找到解決一切問題的答案！」

站在我面前的五位學科男孩，都用很堅定的態度點頭表示支持。

13 找出解決問題的線索！

午休時間。

我和學科男孩們在一間沒人的教室裡集合。

「首先，從圖書館上次關門到當天早上，信件就散落在圖書館裡……直到圖書負責人三笠老師打開圖書館為止來推定應該是個線索，問題是『誰』、『怎麼做到』……」

小詞聽完小計的話解釋道：

「基本上三笠老師不在的時候，圖書館是鎖著的，大家都沒辦法進去。三笠老師有兩把鑰匙，一把老師帶到身上，另一把在教職員室。值班或有其他事情必須到圖書館的委員，平時都是到教職員室借鑰匙。」

「放學後，鎖門的也是老師嗎？」

「是的。」

「嗯……看來放學後到學校關上大門前，應該都很難犯案。」

小理抱著雙臂說。

「案發前一天是禮拜日，所以推斷，犯人是選在禮拜一早上在圖書館撒下大量信件吧？」

小計點頭贊同小理的意見。

「我也這麼認為。去除三笠老師的話，案發時間很可能就是禮拜一早上。而且犯人還是前往教職員室借鑰匙，然後再偷偷溜進圖書館犯案。」

「是早上啊～如果真是這樣的話，我們應該不知道兇手是誰吧？」

小歷面有難色地說。

「小歷，為什麼這麼說？」

「啊～我因為要處理新聞委員的工作，所以早上去教職員室拿過鑰匙。不過一大早幾乎不會有老師在，就算在也都很忙，不會有人去注意放鑰匙的地方……雖然我都是馬上借就馬上離開，但還真的是從來沒有人會在這裡跟我搭話。而鑰匙保管處就在教職員室的出入口旁邊。」

說到這裡，我開始回想前往教職員室鑰匙保管處的情形。

我去拿過鑰匙幾次，的確就在出入口附近。

而且因為是位於架子後面，所以確實無法與教職員室裡的老師對上眼。

「對啊，要是真的有人借了鑰匙，老師也可能沒注意到吧……」

在我這麼說後，小計搖頭說「不對」。

「只要是可能的線索，我們就該詳細檢視，我現在去教職員室打聽一下好了，大家也去其他地方收集資訊，等到放學時間，我們再回到這裡報告調查結果。」

小計準備快步離去，小歷也站起來跟在他的身後。

「啊，那我也一樣要離開了。能跟老師打交道的人，可不是只有小計喔～」

「……嗯？這是什麼意思？」

「沒什麼～沒什麼～啊，我會順便問一下其他擔任新聞委員的同學，看他們有沒有什麼情報。我的伙伴們啊，每個人可都是消息靈通的喔。」

「好啊，小歷、小計！謝謝你們！」

於是小計和小歷一起往走廊走去。

我們則是留在原處，再次互相看著對方。

接著安德率先開口：

「其實，身為神祕事件迷的我對這起事件很感興趣，所以我自己已經先調查了很多。然後……我在圖書館發現了一本書，上面就寫著**『圖書館裡的惡魔』**這幾個字，甚至還有一個臉看起來很可怕的惡魔圖案。」

隨後安德拿出了一本書。

詭異的黑色封面上寫著紅色的《有趣的超自然百科全書》。

這……也有這種書圖書館嗎……？

我對這本書感到既驚訝又害怕，同時也看到了封面如安德所說，上面寫著「圖書館裡的惡魔」和一張有著可怕面孔的惡魔圖片。

而且，裡面還有一頁的內容寫著**「不幸信件」**。

「我想犯人也許是看了這本書，才得到創作惡作劇信件的靈感吧？如果犯人曾經借過，也許有調查資料的方法……。」

「啊！借書紀錄！」

我看著小詞。

「有沒有辦法查看圖書館的借書紀錄？」

「不……我覺得很難。」

小詞表情遺憾地搖搖頭。

「我們圖書館的書籍採用條碼管理，借閱紀錄會輸入電腦中。但出於借閱者隱私的考量，所以歸還書籍後，姓名就會被刪除。即使我們請三笠老師查閱紀錄，可能也只能知道還書日期。」

「……原來如此。看來這無法成為線索。」

安德失望地看著這本書。

不過，小理立刻回應了一句「不見得喔」。

「我認為不一定喔。如果書最近曾被借出去的話，還是能成為重要線索。畢竟這本書不管是性質還是內容，都算得上很冷門吧？只要去找當天負責借書手續的圖書委員，也許就能問出當時借這本書的人是誰喔！」

聽了小理的意見後，安德的臉色頓時亮了起來。

「原來如此……！好！那請大家先等等，我這就去確認一下。」

「安德，我也來幫忙喔！」

他們兩人馬上走出教室。

走出去的時候，還能聽到安德與小理正在交談。

『……小理，這本書的確很冷門，但也是一本很棒的書喔。』

「對啊，看起來很像動物圖鑑，感覺很有趣耶！我也對惡魔的生態很好奇，安德對那方面很有研究嗎？」

『當然很有研究了。好，那我邊走邊向你說明……』

他們兩人用認真的表情走在走廊上。

最後教室裡只剩下我和小詞兩個人。

「……我們還是先去問問對這事情瞭解比較詳細的圖書委員吧。」

小詞靜靜地說道。

「圖書委員待在圖書館的時間很長，他們可能會注意到微小的變化。或許對這次的事件有所瞭解，而且……」

小詞的話說到一半，表情開始沉了下來。

聽到這裡我也屏住氣息，等待著下一句話。

「雖然我不想太過多疑，但犯人也有可能就在我們所認識的圖書委員之中。」

「……」

聽了以後，我只能沉默地點點頭。

「雖然教職員室的鑰匙保管處存在觀察死角，但長時間逗留也很容易產生被他人目擊的機會。而且裡頭存有大量鑰匙，只有身為圖書委員的人可以快速找出圖書館鑰匙……還有從安德所借的書來推測，可能是犯人的對象就是圖書委員、曾經擔任圖書委員的人、常常來圖書館的人……」

聽著小詞的話，我的腦中浮現出每位圖書委員的身影，他們每個人都很愛看書，也都很喜歡圖書館。

他們總是努力地幫忙打理圖書館的工作。

不可能有人會為了散布惡魔信件，而讓圖書館陷入不得不關閉的情形……

在我低頭沉默的時候，小詞輕聲對我說：

「我也是這麼想……那位犯人一定也是一個**喜歡圖書館的人**。」

我驚訝地抬起頭看，發現小詞悲傷地皺著眉頭。

「從那封信中，我可以感受到犯人的『憤怒』……以及『**悲傷**』的情緒。我覺得犯人現在比任何人都痛苦。」

憤怒和悲傷……

這兩個字眼使我的內心感到有些不安，讓我不由得提起雙手，扶著胸口。

（如果小詞說得沒錯……我想和犯人談談，想問他為什麼要這麼做……）

雖然我不太敢直接面對犯人就是了。

不過，身為圖書館的委員長……我還是希望能確切知道是什麼原因導致了這起事件。

之後我與小詞一一拜訪每個圖書委員所屬的教室，並且聆聽他們能夠提供的情報。

由於午休時間不夠用，所以下課後我們也繼續進行者。

只是……我們耗費大量時間，卻依然沒有得到有用的資訊。

後來，到了即將放學的時間。

「……這樣啊。你們也一樣沒有太大的斬穫。」

小計嘆了一口氣，同時臉上也露出擔憂的表情。

我和五個學科男孩聚在空教室裡，彼此講著今天得到的資訊……但每個人似乎都對自己的結果感到不滿意。

我們只知道最近借過《圖書館裡的惡魔》的人，除了安德之外就只有一個人。

而圖書館鑰匙最近常常被某人在早上借走，但完全沒有人記得到底有誰借過……

今天我們的調查只能到此結束。

之後我們一邊走到鞋櫃，一邊討論著明天的策略。

「……啊。」

突然，我發現走廊對面有一位我認識的同學。

是圖書委員的關本同學。

午休的時候原本要找他談談，但我們當時沒有找到他。

「小詞，我們也去問問關本同學吧！」

跟小詞說完這句話後，我們就趕緊跑到關本同學的身邊。

「……關本同學，你是不是知道些什麼事？」

當我正要解釋我們在尋找破案線索時，關本同學專注地盯著我的眼睛看了一陣子。

「我……沒什麼好說的。」

「是這樣啊……」

果然還是沒有結果……

我的肩膀也因為失望而重重垂下。

這時小詞冷靜地說著：

「關本同學，謝謝你一直以來為圖書館付出的努力。即使不是值班的日子，也很用心幫忙整理書本、打掃環境。」

關本同學瞄了一眼小詞，然後又馬上將視線移開。

「……因為只有圖書館是能讓我覺得安心的地方，我只是為了自己才那麼做。」

聽到這句話，小詞緩緩搖了搖頭。

「不，這不是任何人都能做到的事情。現在我們也盡最大的努力確保每個人都重視的圖書館能重新開放。如果你有任何發現，請隨時跟我們談談。」

關本同學突然抬起頭。

他張開嘴似乎想說些什麼……但又像洩了氣一樣低下頭。

「……我還要上補習班，再見。」

關本同學轉過身，就這麼走掉了。

我也連忙揮手說道：「掰掰。」

不過看著那個漸漸遠去的背影，總覺得有些孤單……

「關本同學！」

我不假思索地大聲叫他的名字。

關本同學沒有回頭，但停下了腳步。

他低著頭，駝著背。

——對我來說，圖書館是我在學校裡最喜歡的平靜場所……！

回想起那天他對我說的話，我的內心就像是被揪緊般地難受。

對關本同學而言，圖書館真的是非常重要的地方。

如果圖書館關閉的話，不知道他會有多難過……

我看著他的背影這樣說道：

「那個……你之前是不是說過『圖書館是我最喜歡的地方』？但現在變成這樣……我想對你說聲抱歉，我承認自己是沒用的圖書委員長……但請你相信我！再等一段時間，**我一定會讓圖書館恢復原狀！**」

我下定決心，並且毅然地看向前方。

關本同學聽完我的話後，先是回頭看了一眼，然後低著頭默默離去。

「他平時是文靜的男孩沒錯，但今天看起來特別失落呢。」

「嗯……妳說得對……」

小詞一邊回答我，一邊看著前方，但是他的表情有些茫然。

關本同學說他很喜歡圖書館。

而小詞也一樣，最喜歡圖書館和看書。

「學校裡一定還有很多像關本同學這樣的人，他們聽到圖書館要關閉的消息，一定都覺得很失望……」

一想到這裡，我的心就感到很難過。

我得趕快解決這個騷動才行……！

在回家的路上。

我低著頭碎碎唸著：

「……那個……那個犯人真的是『人類』嗎？」

學科男孩們聽了以後好像有點驚訝，同時用不可置信的表情看著我。

然後我又小小聲地繼續說道：

「因……因為我覺得學校裡找不到犯人。也許……真的有惡魔在作祟……我覺得真的是這樣就好了……。」

「I think so, too!（我也這麼認為！）」

安德大聲附和。

『各位別擔心。我很瞭解對抗惡魔的方法。』

安德酷酷地笑著，並且搭著小詞的肩膀。

而小詞則是有點困擾地露出苦笑。

「如果犯人……真的是惡魔就好了……」

小詞像是有些傷感地閉上了眼睛。

他怎麼了？總覺得小詞有點怪怪的。

小詞保持沉默並思考了一會兒，然後再緩緩地抬起頭說：

「其實，**我可能已經找到犯人了。**」

「咦!?」

所有人聽了這句話都嚇了一跳。

全部都停下腳步看向小詞。

「你……你說你找到犯人是什麼意思？」

「喂！小詞。快跟我們說啊！」

小計催促著小詞。

接著小詞皺起了眉頭，再次低頭看向地面。

「……我不能透露犯人的名字，因為我還沒有任何證據。但真的不得不說的話，……就會是『只有小蛇知道大蛇走的路徑』。」

舌的什麼？

舌的路……？

在我滿頭問號的同時，直視著前方的小詞，像是下定決心般地流露出堅定的表情。

「明天我會直接跟對方談一談。……**所以請暫時先交給我處理吧。**」

「只有小蛇知道大蛇走的路徑」這句諺語的意思就是「相同性質的人彼此之間就像是同類，可以互相理解」。

14 沒想到犯人就是那個人

隔天早上。

我單獨在一大早的學校。

雖然小詞說請把這次的騷動交給他處理，但我的心裡實在是無法平靜下來。

當然，我相信小詞有辦法處理，而且也能順利解決。

只是……我認為是我的行為才會造成整個事件的發生。

我無法接受自己什麼事都辦不到，只能在家繼續發呆。

（早上的學校好安靜喔……）

我可能是所有學生中最早到校的人。

神奇的是鞋櫃和走廊那裡平時都很熱鬧，但現在卻好安靜。

雖然周遭的景色很熟悉，但卻有一種陌生的感覺。

我先放好書包後，就往圖書館的方向走去。

雖然手上沒有鑰匙，但我還是想從外面看看裡面。

我從教室所在的四樓，走到圖書館所在處的三樓。

在我走到走廊的那一瞬間，我看到遠處有一個人影在移動。

「……嗯？」

我瞇著眼睛想要看清楚。

在走廊盡頭——好像有人走進圖書館。

（三笠老師？今天她來得真早呢。）

不過，那一瞬間我看到的人影，從身高來看會是老師嗎……？

因為覺得有點奇怪，所以就加快腳步走到圖書館門前。

（咦……？）

我接著往裡面偷偷望去，

——看到一個意想不到的人。

「……**關本同學**，你在做什麼？」

關本同學被我的聲音嚇到肩膀向上抖動。

然後用有些笨拙的動作慢慢轉過身。

「**早安**！關本同學，你也很在意圖書館，所以才會過來看看嗎？」

關本同學不講話，只是盯著我看。

我歪著頭，往裡面走進去。

「其實我也是這樣。昨晚沒睡好，今天很早就醒了……然後就來到圖書館這裡了。不過今天怎麼這麼早就開門？難道三笠老師已經來了嗎？」

當我走近關本同學時，關本同學驚慌失措地猛然關起掃具櫃。

……咦？掃具櫃怎麼了？

「啊，你是不是要**打掃圖書館**啊？」

突然有一陣悲傷的感覺湧上心頭。

關本同學這個人就是這麼喜歡圖書館啊。

他一定是去懇求老師，讓他在圖書館關閉時，打掃裡面的整潔。

「你等我一下，我也來幫忙！」

當我跑過去打開掃具櫃時，關本同學驚慌地發出叫聲。

「啊……！」

啪沙！

就在同一個瞬間，一個手提袋從掃具櫃中掉出來，而且還有大量紙張散落在地上。

「嗯……？」

這是什麼紙啊……？

就在我彎腰去撿的時候，關本同學大喊著：「不要碰！」並且將我的手撥開。

我突然被嚇到，所以整個人都僵住了。

「……對不起……」

關本同學坐在地上，很著急地將那堆紙收進袋子裡。

就在我睜大眼睛看著關本同學的行為時……忽然間有某些字不經意地進入我的視野。

「啊……那個是……！」

用紅色墨水寫下來的「**警告！**」。

和「圖書館裡的惡魔」信中的文字一模一樣。

我的心猛烈地跳動。

「關……關本同學，你是在什麼時候、什麼地方發現這些信？」

「……」

關本同學沒有回應。

他在撿起信件的時候，動作忽然卡住。

「拜託你快告訴我！……我想要跟那個撒惡魔信件的人談談，我想問他為什麼要那麼做！」

我蹲下來拚命求關本同學回答我的問題。

「小詞告訴我……說他看到這封信時，能從裡面感受到『憤怒』和『悲傷』……因為犯人一定是很喜歡書本和圖書館的人……！」

也因為如此，我才會想知道犯人是誰。

我不是想責備犯人……**而是要瞭解這件事發生的原因……！**

當我準備伸手拿起信時，關本同學也很驚慌地伸出手來。

突然間，我們的手碰在一起。

「啊……」

我驚訝地抬起頭來。

然後看到關本同學也同時抬起頭看著我。

原本驚訝的表情漸漸變成痛苦的模樣……

他緊緊咬住嘴唇，並且低下頭來。

「……為什麼學姐不懷疑我呢？」

「咦？」

懷疑……懷疑關本同學？

這是什麼意思？

我還在發呆時候，關本同學短促地嘆了一口氣。

「我就知道……學姐是這樣的人。」

「咦？什麼意思？我怎麼了……？」

「——小圓學姐。」

關本同學叫我的名字。

而且用認真的眼神直視著我。

被嚇到的我，不由得屏住呼吸。

「……」

「……」

我們兩人經過了瞬間的沉默。

接著關本同學看著我的眼睛，小聲地對我說：

「——我喜歡小圓學姐。」

15 第一次被告白

一時之間，我的頭腦一片空白，完全不明白發生了什麼事。

在我一臉茫然時，關本同學紅著臉低下了頭。

「對不起……這麼突然……對妳說這種話……造成妳的困擾了吧？」

然後他地嘆了一口氣。

我只能默默盯著他看，沒有出聲對關本同學講話。

「一開始我以為學姐是個奇怪的人……但就只有學姐會主動跟我這種陰沉的傢伙搭話，還要我介紹書本給他人看……」

關本同學開始一點一點地開口說明。

「不過，我的想法也漸漸改變了。學姐身為圖書委員長，會在圖書館努力工作，會與學弟妹一起找書，也會在休息時間努力溫習功課……當我看到學姐這些帥氣的模樣，我就開始佩服起學姐……或許更確切地說，我對學姐很感興趣。」

關本同學用很小的聲量結巴地說著。

雖然顯得很笨拙，但我瞭解他拚命想把心裡想的事表達出來的心情。

我急著想要聽懂他的話，所以屏住呼吸將注意力集中聽著。

「……我會發現到自己的感情，是因為**小詞學長**的關係。」

咦？小詞？

我驚訝地張大眼睛，看到關本同學低著頭偷瞄我。

「每次在學校看到小圓學姐和小詞學長聊天時……我都很震驚。我想『**如果學姐身邊有這麼完美的人，那學姐就不會再注意我了**』……然後這時我就發現自己已經喜歡上學姐了。是啊，因為我喜歡學姐，所以也跟著嫉妒起小詞學長了。」

關本同學一邊說，一邊露出痛苦的表情。

放在腿上的手緊緊握著，而且還微微地顫抖。

「……我做了那件事。」

關本同學像是在擠壓自己的音量一樣，小聲地說話。

「我在小詞學長的鞋櫃裡放入那封信……還有圖書館裡的信，全部的信。」

呃……關本同學做了那件事……？

我很吃驚，並且盯著關本同學。

他將頭壓得很低，身體也微微顫抖。

我不知道該怎麼解決眼前的窘境，只能拚命地運轉自己的頭腦。

就在這時候——，

滴嗒。

有一滴眼淚掉在關本同學的手背上。

「我沒想到事情會變得這麼嚴重。一開始我只是想要保護圖書館。我不喜歡那群在圖書館吵鬧的人，才會想試著嚇跑她們……但效果不是很好，讓我很煩躁。結果在不知不覺中，讓整件事變得更過分……結果沒想連圖書館會因為那堆信關閉……」
他咬緊牙根的表情讓我的內心感到一陣疼痛。
我似乎……有點能理解關本同學的痛苦。
我也會想要保護自己喜歡的事物。
但是也一樣，沒辦法順利地去保護。
想到如此的我，就覺得自己可憐、痛苦、悲傷……
我咬住嘴唇，然後將自己的手放在關本同學的手上。
「……保護重要的事物，看來的確很困難呢。」
關本同學抬起頭，露出有些訝異的表情。
而我則是露出了些許苦笑。
「其實我也跟你一樣，一直煩惱自己該如何保護重視的事物……但是，我完全找不出正確方法，在不斷煩惱下就只能靠用功讀書來尋找辦法，也讓擔心我的朋友覺得我變得很怪……總之，我做什麼都很失敗。」

關本同學說我「很帥氣」，但我卻覺得自己做什麼都不順利。

我老是會陷入迷惘中，然後也會給大家添麻煩。

不過，我真的真的很想變得更堅強。

畢竟我不可能一下子就成為優秀的人……

「但是……我啊……**至少有一件事已經下定決心了。**」

我直視關本同學的雙眼，並且把話繼續說下去：

「如果找到某種可以順利達到目標的辦法……**但卻可能因此傷害到其他人的話，我想我還是會盡全力尋找其他方法吧。**」

即使我透過傷害別人，來保護自己重視的事物……最後我一定不會覺得開心，只是會讓自己痛苦而已。

這就是為什麼不管有多困難或需要多久時間，我還是只想**找出內心能夠接受的道路。**

不要輕易放棄，要保持不斷思考，最終一定會找到答案。

這就是學科男孩教我的道理。

也是代表我的——人生座右銘。

「不過啊……要做到這一點……我猜我還是必須努力學習各種不同的學問才行……」

我一邊說著，一邊又苦笑著。

我還有很多不夠努力的地方呢。

雖然對著關本同學說這些漂亮話，但我目前還是什麼都不懂。

不過……我的身邊還有我重視的人，為了他們，無論失敗多少次，我都會繼續前進……

我就是這麼認為。

「……學姐果然真的很帥呢。」

關本同學笑了，看來他也稍微放輕鬆了。

「對不起，給大家添麻煩了，我以後不會再做這種事了。」

關本同學深深地鞠躬。

看到他這樣，我的眼淚忍不住都冒出來了。

意識到自己犯錯……承認做錯後再道歉，但心裡還是會很害怕吧？

儘管如此，關本同學還是鼓起勇氣對我承認錯誤。

「……嗯，我明白了。」

我點點頭，並看著他的臉。

「那麼……我等一下可以向老師報告這件事嗎？如果保證這樣的事情以後不會再犯，我想一定可以讓圖書館重新開放。」

「沒關係，我知道了——我現在就去教職員室。」

關本同學抬起頭來。

「我很清楚……**自己犯了錯**。」

他的嘴唇緊閉著，卻露出堅決的表情。

不過肩膀還有點顫抖。

這時我突然想到圖書館決定關閉時，教職員室裡的老師們使我散發出的焦慮感。

當時我的腦袋一片空白，什麼話也說不出來……

「……我陪你去！」

我再次牽著他的手，然後緊緊地握著。

我對睜大眼睛的關本同學微笑，然後用拳頭輕捶自己的胸口。

「別客氣！**起碼我還是你的學姐啊！**」

在前往教職員室的路上，走在旁邊的關本同學對我說：

「……剛剛的事……能聽聽妳的回覆嗎？」

我的心臟猛然跳了一下。

呃……說起剛剛的事……

大概是要我**回應他的告白**吧……？

這樣啊，原來我還沒正式回覆關本同學。

我心跳加速，雙手在胸前緊握著。

得認真的回答才行……！

我輕輕地深呼吸，並且停下腳步。

用誠懇的眼神直視關本同學的雙眼。

「關……關本同學，謝謝你對我說喜歡我。這是我第一次被告白，所以我很驚訝……，不過我也很**高興**。」

我的喉嚨開始發痛，嘴變得很乾。

不過，我還要把自己的心意傳達給認真傾聽的關本同學。

我一直在腦中拚命尋找該說的話。

「呃……那個……老實說我沒有太多關於愛情的知識……但現在，是我有生以來第一次認真看待戀愛。雖然我聽了一些人的經驗，也看了書，但我還是不太懂……。最多只有想想而已。像《羅密歐與茱麗葉》裡的戀情，最後是悲劇，所以我**不希望自己談戀愛發展出悲劇，讓身邊的人也變得不幸。**」

羅密歐與茱麗葉在命運的引導下，選擇了死亡。

雖然彼此相遇後，會一起笑著，周遭的世界也變得閃閃亮亮的，但他們的戀愛卻沒有獲得幸福。

他們不僅斷送自己的未來，也讓家人和身邊的人感到悲傷……

要是我的話，**我才不想談這種戀愛呢**。

戀愛不會只有閃亮亮的開心事。

現實中才不可能會這麼輕鬆。

雖然我這麼認為……但我還是想要談一場「**幸福的戀愛**」。

我想談一個一生只有一次，命中註定會遇到的愛情。

接著我抬起頭向前看。

「從現在開始，我希望我能更認真思考『戀愛』這件事，要找到自己可以接受的答案。在我找到答案之前，我想……我不會和任何人交往。」

說完後，我重新調整自己的呼吸。

我咬著嘴唇，看著關本同學的眼睛。

「所以……**我不能接受關本同學的告白**。對不起。」

我用顫抖的聲音拒絕他。

關本同學用專注的表情盯著我的臉。

然後他嘆了口氣，按著悲傷地笑了。

「謝謝學姐，明明是我突然向學姐告白，但學姐還是很認真地回答我了。」

關本同學低下頭，掩飾傷心的表情。

我的胸口感覺到緊繃的疼痛感。

這是我生平第一次遇到的告白……而且還拒絕了別人。

我現在全身都在發抖，因為害怕自己的回答深深傷害了對方。

「啊……那個……我……」

我不知道該說什麼才好，嘴巴只能一下張著一下閉著。

這時關本同學突然抬起頭。

「我覺得很好，我很高興自己能夠喜歡學姐。」

他的表情輕鬆了一些，就像是放下心中一小部分負擔。

他直視我的眼睛，繼續說：

「對我來說，這真的是一段美好的『戀愛』。即使是沒有結果的單戀，但也不是悲劇。因為……喜歡上小圓學姐的關係……，我覺得我比以前更喜歡自己了。」

接著關本同學轉過身，開始往前走。

我雙手在胸前緊握，默默注視著他的背影。

即使是沒有結果的單戀……也不是悲劇。

我感覺這句話融化了我冰凍的心。

戀愛……真的很難懂。

但是戀愛……也許是一件非常美妙的事。
我相信戀愛往後也將教會，我許多未曾有過的感受。
雖然我不知道這什麼時候會發生……但總有一天，我也會談戀愛。
「……啊，對了。」
關本同學突然回頭看我一眼。
「雖然我不太想承認，但我還是覺得**小圓學姐和小詞學長很相配喔**。」
「咦!?」
我不由自主地發出怪聲。然後，臉也馬上紅了起來。
什……什麼很相配，哪有這回事……！
……哎呀，否認的話對小詞好像也很失禮？
不過，我被別人這樣說會感到開心嗎？怎麼回事啊？
唔──我完全不知道是怎麼回事了！
整個腦袋又陷入混亂了。

「……小圓學姐真是奇怪的人呢。」

關本同學噗哧地笑了出來，同時眼裡還泛著微微的淚光。

惡作劇信件的風波就這樣平安落幕了。

在關本同學勇於承認自己的錯誤後，原本關閉圖書館的決定也被解除了。從明天開始，圖書館將恢復出借書本的功能。

雖然發生很多事，但我們總算是全部解決完畢，能有這個結果**真的太好了！**

……啊，對了。

關本同學在教職員室道完歉後，還拜託我，表示說想獨自跟小詞談談。

「……小詞學長，真的很抱歉。」

關本同學深深地低頭道歉了。

因為關本同學曾把惡作劇信件放在小詞的鞋櫃，所以他表示無論如何都要當面向小詞道歉。

「我……我很羨慕小詞前輩……因為你長得很帥，也很善良……簡直完美無缺，所以才會這麼嫉妒你。我這種人永遠也比不上你。」

雖然關本同學這麼說著，但說得很不順暢，所以最後低下頭來。

我不知道自己該不該幫關本同學說話，所以只能著急地看著他。

接著。

「……你誤會了，關本同學。」

小詞靜靜地說：

「你有很多方面其實都比我厲害，優點可是很多喔。」

「咦？」

關本驚訝地回應。

而我也興奮地看著小詞的臉。

小詞盯著關本同學看了一會兒後，

「我……我其實打從心底羨慕你。」

說完後，他露出略帶苦悶的微笑。

16 祕密終於被發現了！

那天夜裡。

我坐在簷廊，心不在焉地吃著草莓。

在我後面的男孩們則熱烈討論著「草莓是屬於『薔薇科蔬菜』」的小常識。

平時我都會加入討論的行列，但是……

「唉……」

我不知不覺地連連嘆氣。

雖然我正在吃最喜歡的草莓，但卻沒辦法感受出美好滋味。

因為今天發生太多事情，我實在是沒心情品嚐草莓的味道……

「我要坐在旁邊囉～」

突然間，小歷過來我旁邊坐下。

小歷一邊抬頭看著天空，一邊將手中的草莓塞進自己的嘴裡。

「哎呀～學校關閉圖書館的命令可以解除真的太好了呢～」

「是啊……」

「這樣圖書館和學校也恢復以往的平靜。實在是可喜可賀呀～」

我一邊聽著小歷的話，一邊呆呆地看著那盤草莓。

剛剛我的腦中不停想著今天早上發生的事情。

就是關本同學對我告白那件事……

「既然現在事情都解決了，**為什麼小圓還是悶悶不樂呢？**」

小歷的聲音傳進我的耳裡。

我「咦？」地一聲，往旁邊看時發現小歷傾身向前，並看著我的臉。

他的表情成熟且嚴肅。

小歷出現了跟平時不一樣的表情，而且像是要看透我的內心一樣，直盯著我看。

「……我可以猜一下嗎？」

小歷的臉慢慢靠了過來。

他的眼睛非常漂亮，讓我忍不住盯著他的眼睛。

小歷靜靜地瞇起眼睛……接著突然露出自信的微笑。

「我就直說了，妳有**戀愛方面的煩惱**吧？」

咦？

「比如說……有人向妳**告白**？」

我茫然地看著小歷，

他……**他是怎麼知道的？**

關本同學向我告白的事，我連小優都沒講耶！

而且關本同學看起來也不會告訴任何人……

我內心十分震撼，甚至小心翻了白眼。

小歷一見到我這個樣子，平時充滿自信的表情突然慢慢變得不安起來。

「**咦……等一下啦，妳的反應怎麼是這樣？我只是想跟妳開個玩笑而已……**」

接著小歷用很專注的神情看我的臉。

過了一會兒，**「咦!?」**他像是察覺到了什麼一樣，整個身體往後退。

「咦!?真的假的……？**小圓，妳真的被告白了嗎!?**」

其他男孩聽到小歷的聲音後，都開始陷入躁動狀態。

「對方是誰啊？是不是我認識的人呀？」

「啊，那…那個，就是那個啊……」

「小計！應該不是你，對吧！」

小歷這麼轉身大喊後，小計也用驚慌的聲音回應：

「**什……什麼!?**你到底在胡扯什麼？給我說清楚啦！」

男孩們全部都聚在簷廊上走來走去。

而我的臉紅到有點發燙，所以低著頭縮了縮身子。

總覺得現在有些尷尬，而且有種不太舒服的奇怪感覺。

我不知道自己該做出什麼樣的表情……

在我憂鬱地低下頭時，小歷一臉慌亂地幫我說話：

「啊，對不起，小圓。我突然對這種敏感話題大驚小怪……」

我保持低頭的姿態，對著小歷搖搖頭。

我能理解大家為什麼會很驚訝。

不過身為當事者的我，才是最驚訝的人呢。

因為沒想到會有男孩跟我告白，對我說「他喜歡我」……

我開始慢慢說話，而且小心地選擇措詞：

「雖……雖然我還沒告訴別人……但今天有一位同學跟我告白了。這件事真的……真的讓我嚇一大跳……但是，我自己也盡力去面對對方，把我的想法傳達出去……」

我可能傷害到關本同學，但至少那是我用自己能力所及的範圍，努力表達出來的回答。

所以……雖然覺得難過，**但我不後悔**。

因為我已經確實面對過自己真正的心意了……

「不久前，也許我會很困惑，無法認真回答。但是……自從我聽到安德對我說：**『要讓學科男孩成為真正的人類，也許要我與那個男孩談戀愛』**我就開始一直在想『什麼是戀愛？』也因為這樣，我才會確實地回絕對方的告白…………」

……

……啊。

我先是嚇了一跳，然後用雙手摀住嘴。

我剛才說出來了吧……？我說出來了，對吧……？

現在所有男孩臉上都露出了震驚的表情。

「小、小圓……**妳現在說什麼……？**」

「呃？啊，這……這是……？」

「圓圓……要談戀愛……？」

「呃……這……」

「談戀愛就能變成人類的方法嗎……？」

「不是啦，嗯……該怎麼說明呢……」

我想找個說法告訴他們，所以開始嘀嘀咕咕，但突然間聽到一聲巨響。

原來是小計屁股著地，整個人跌坐在地上。

而且他現在一動也不動。

「呃，小計，你還好嗎……？」

「……」

「……小計？」

啪噠啪噠。

小計突然又精神抖擻地站了起來，自顧自地跑出了客廳。

我們每個人在這時陷入一陣尷尬的沉默。

「呃……沒……沒告訴你們是我的錯。**我應該先說清楚才對……！**」

把小計帶回來後，我重頭到尾把事情的經過向大家說明了一遍。

我從安德那裡聽到「學科男孩的祕密」。

外國有這麼一個傳說：

「如果精靈愛上人類並且與他們結為連理，就會變成人類。」

然後我們推論，只有和我相愛的唯一一個男孩才能成為真正的人類……

「……不過安德說：**『這目前只處於推測階段』**。所以我決定先過一陣子再把這個資訊告訴大家……。而且我還不知道什麼是戀愛……所以我不希望大家因為這個話題而開始感到尷尬，或是覺得我很奇怪……」

即使是現在，我仍然不知道瞞著大家是不是正確的決定。

不過……現在我能真誠地對他們說出自己的感受，我想也是因為發生了很多事情，讓我稍微成長了一點。

「其實……現在我已經打定主意**『要找另一種方法』**了。」

我看著每個人的眼睛，然後繼續說：

「如果讓大家成為人類的正確方法是要我『談戀愛』的話，那麼可以成為人類的成員也只能有個一人而已，我絕對不要讓事情變這樣。因為你們全都是我重要的家人，缺少哪一個都不行。所以……我要努力把你們都變人類的方法找出來。在找出方法之前——**我也絕對不會放棄繼續尋找。**」

我緊握著拳頭。

我的迷惘終於消失，現在能確切地瞭解自己的真實感受。

雖然這花了我相當長的時間……

「這件事我本該盡快對你們說才對，真的很對不起……」

我低下頭向他們道歉。

然後，我突然聽到上方傳來說話聲。

「妳不用道歉啦，小圓。」

我一抬起頭，看到小歷若無其事地說：

「聽到這種事，當然任何人都會感到不安啊。像我們現在也一樣都陷入恐慌了呀。小圓的反應根本就很正常。完全沒必要對我們道歉！」

小歷露出的開朗笑容，就像是在為我打氣一樣。

小理也微笑點點頭。

「對啊，小歷說得對！安德說的方法雖然值得嘗試，但仍然欠缺具體的達成條件。」

他們兩人就跟平常一樣笑著。

一旁的小詞也對我露出溫柔的微笑。

「如果要找出讓我們成為人類的方法，那麼就讓我們一起來尋找吧。」

他的話既溫柔又堅強。

一股溫暖的感覺從我的胸口深處緩緩蔓延開來。

「好，**謝謝你們**………」

我緊緊地握著拳頭。

至於一直保持沉默的小計有些緊張地開口說：

「總……總之我們先想辦法解讀那本**付喪神古書**。安德說的方法在得到確實的證據前，都還只是假設……妳用不著去擔心什麼……」

小計低著頭，同時也用手抓起了自己的後腦杓。

我對著每個人的臉，深深點頭表示回應。

將心裡的話告訴大家後，我感覺現在心中的大石頭已經卸下來了。

大家說的沒錯呢。

關於那個方法，現在還處在完全不清楚的階段。所以也沒辦法對我們造成任何改變。

既然如此，那就別再去擔心了。不如像往常一樣，只需要盡力做好眼前的事情！

現在我的任務就是解讀古書、做好圖書委員的工作，還有……

專心讀書學習！

「好！在睡前稍微讀一下書吧！」

我突然覺得自己很有活力，所以立刻站了起來。

我的單元測驗複習還有一些範圍要學會，現在我必須打起精神來！

不過正準備快步走出客廳時，突然想起一件事。

我回過頭對小計問：「對了，小計，你沒事嗎？」

聽了我的話，小計嚇了一跳。

「沒……沒問題！我本來就**完全沒有**……那種感情……之類的……！」

嗯？感情？

我歪著頭再次問：

「**剛才你跌倒的時候，有沒有撞傷？**因為剛才撞出很大的聲音耶……」

小計愣了一下，然後臉就紅了。

不知為何，周圍其他男孩都對著小計笑嘻嘻的。

「我我我我說沒關係就是沒關係！別再說了！**你們不要看我啦——！**」

小計一邊吼著，一邊再次跑出客廳。

17 讓圖書館更有活力！

幾天後。

之前考完的英語單元測驗將結果發下來了。

我首次的英語考試。

雖然當時的考試算是有點順利，但我也很難確定自己能考出什麼成績。

雖然不太可能一次就考到八十或一百分，但我想應該有六十分吧？不對，至少還有四十分。

我只要沒有不及格就好了……！

「好，下一個，花丸。」

老師叫到我的名字了，所以我趕緊地從座位上站起來。

唉唷～好緊張喔！

我心跳加速地收下答案卷。

但是只敢用一隻眼睛看考卷上的分數。

英語…………六十二分。

「咦……」

我驚訝地睜大雙眼。

六……六十二分！

真的嗎!?我第一次的英語考試居然有考及格耶!?

而且和其他科目考過的最高分數相比，**這個英語考試幾乎是一次就考到更高的分數！**

（哇，哇，哇……！）

我激動地回到座位的途中，與安德的目光相對。

他大概是從我的表情察覺到成績還不錯，所以對我眨眨眼睛、比了一個讚。

而我的喜悅也以行動表現出來，馬上也學他豎起大拇指、眨眨眼。

啊～太好了！

真是多虧安德那麼用心教我英語！

在那之後，我的狀態**一直都很好**。

沒想到英語以外的單元測驗，**全部都考出超過六十分的成績！**

正是這個分數，讓我在五年級最後一次的考試中首次獲得「所有科目都超過六十分」的紀錄，

這甚至可以成為我升上六年級後，有辦法繼續保持這種成績的證明。

當然，就算我這麼說，也不代表讀書態度會鬆懈下來。

因為六年級的功課將會越來越難，所以我必須更專心才對！

就這樣，在我平安度過單元測驗這個難關後。

接著在稍後的時間，圖書委員會議上，三笠老師開始為我們說明採購新書的工作。

「我們圖書委員會每年都會讓成員們提出自己的購書建議，並且讓我作為採購新書的參考。所以今年，我也希望大家能與我分享自己所希望的購書建議，請各位最多寫出五本書的採購清單吧。」

我一邊聽著老師的話，一邊在腦中閃過某個場景。

那是我和小詞一起去書店的情形。

當時曾看到的某個光景——。

「那……那個，**老師！**」

我一下子舉起手來，老師也驚訝地看著我。

「花丸同學，妳怎麼了呢？」

「那個……請問可以請其他人來寫購書清單嗎？」

「當然可以喔。我們沒有特定限制要由什麼人來寫清單喔。」

太好了！

我將手放在桌子上，並且站了起來。

「那麼……**我想做一個『書籍採購票選活動』！**」

「咦？」

所有的圖書委員成員都面面相覷。

我環視著大家，然後繼續說：

「其實……有件事我曾經想過。大家應該都有發現吧？那就是來圖書館的同學總是固定只有某幾位，但其他同學卻一直都不想進圖書館。所以『書本精靈』的騷動讓進圖書館的同學變多時，我還高興了一陣子……啊，當然我也覺得那場騷動，造成很大的噪音問題，而且也讓架上的書被都弄亂了。不過，我認為圖書館本來就有很多有趣的書，所以我一直很希望可以有更多人對那些書產生興趣就好了……」

從那時起，我就一直在思考這個問題。

該怎麼做才能讓人們對書籍更感興趣？

如何才能將書本的樂趣，讓更多人瞭解？

在我和小詞一起逛書店時，我真的覺得書成為我的「朋友」。

有來自世界各地的書、不同譯本的書，以及各種經典文學作品。

還有很多我不知道的有趣書籍，我很想要發現更多書。

——而這也讓我產生出一種想法。

「在列出購書清單前，也許可以先製作介紹那些書的『ＰＯＰ廣告』……？不知道大家能不能接受這個意見？」

大家聽了以後，全都疑惑地你看我，我看你。

接著三笠老師作為代表，回答我的意見：

「花丸同學，可以具體告訴我們，妳所說的ＰＯＰ廣告，要用什麼方式來呈現呢？其實我認為要介紹書籍的話，圖書館的活動中一直在張貼的布告，就能達到相同功能……」

「是的。但我希望我們介紹書籍的方法了能更像是一種**節慶活動**。」

「節慶活動？」

「是的，該怎麼說呢……」

我是根據自己和小詞一起逛書店那天所看到的ＰＯＰ廣告產生的點子。

那天，那些ＰＯＰ廣告雖然很小張，但卻色彩繽紛，光是看一眼就讓我湧出「好想讀看看」的感受。

我覺得不管是書店的ＰＯＰ廣告，還是圖書委員會所列的購書清單，肯定都是用「希望大家都會想閱讀也我愛看的書」的概念來決定的。

所以既然如此……不如乾脆讓全校同學看看彼此的購書清單，並且讓大家用**投票**的方式來決定我們要採購什麼書。

「要像節慶活動的話……就是那個……讓大家一起來製作ＰＯＰ廣告……然後……」

我緊張得不知道該說些什麼，但這時我跟小詞的眼神互向交會。

他似乎對我的意見很感興趣，並且對我點頭示意，看我的眼神也像是在為我加油打氣。

他的眼神給了我勇氣，讓我產生向前邁進的自信。

「我……我希望讓透過**『大家都能參與的投票活動』**來決定圖書館的書籍採購！」

我鼓起心中自信心，儘可能地大聲提出意見。

雖然在眾人面前講話令人很緊張，但我還是要用盡全身的力氣繼續講話。

「圖書委員們以『這本書很有趣！』的想法所做出的ＰＯＰ廣告，我想要公布出來給全校同學投票選擇。最後再挑出前十名，作為我們這次要交給老師的採購清單！」

我懷著滿腔熱情地說完自己的主張後，周遭就在一瞬間陷入了沉默。

現在就連我都能聽見自己激烈的心跳聲。

（奇……奇怪？難道大家覺得這個建議不好嗎……？）

我的興奮就像潮水般退去，整個人也開始不安了起來，但這時我聽到旁邊的座位傳來咔噠的聲響。

「這個提議聽起來很有趣呢，請務必也讓我嘗試一下吧。」

小詞和大家一起站了起來。

他用眼神對我示意，並且微笑著點了點頭。

隨著小詞說的話，氣氛也突然改變了。

其他委員會成員也點頭說道：「可能不錯」「看來很有趣」。

在大家的交談聲當中……一直低頭的關本同學也細聲說道：

「……我認為不是只有我們圖書委員會想參與，如果也跟那些常來圖書館而且又愛看書的同學們聊聊，或許能幫我們想出非常有趣的ＰＯＰ廣告……」

我聽了也立刻大聲說「真是好點子耶」。

關本同學偷偷看了我一眼，微微紅著臉。

「……老師，請問可以讓我試試嗎？」

我再度看著三笠老師。

這時老師慢慢地環顧所有圖書委員們——然後微笑著點點頭。

「可以呀，這聽起來確實是很有趣的好主意！我也會幫忙。那所有圖書委員就團結合作，讓這個『書籍採購票選活動』大獲成功！」

隨著老師的宣布，大家都高舉拳頭大喊**「好～」**。

於是我們決定推動「書籍選拔活動」。

而活動的企劃標題就是**「書是最好的朋友！讓我們一起認識新朋友！」**

我們第一個任務就是跟喜歡常常來圖書館看書的同學們討論，並且一起創作ＰＯＰ廣告。

還有，學科男孩們也有一起過來做ＰＯＰ廣告！

小計好像是什麼幾何學的圖畫冊。

小詞是以漫畫介紹諺語的書。

小理是使用日常生活的東西玩科學實驗的書。

小歷是關於戰國武將用相聲來分勝負的小說。

安德是收集各種英語笑話的書。

不管是哪一種都看起來很有趣，所以也順利做出「讓人好想閱讀！」的ＰＯＰ廣告。

（當然，我也做了介紹《糖果屋》的ＰＯＰ廣告喔！）

後來，我們也把做好的ＰＯＰ廣告都貼在圖書館外的走廊上。

起初學校的人們不怎麼去看那些ＰＯＰ廣告，不過圖書委員會前往每個教室發送選票，並在學校的集會上花時間說明投票活動。隨著各種嘗試和宣傳下，我們的企劃逐漸成為學校裡的話題。

「聽說圖書館買書要用投票來決定耶！」

「那些列入票選的書裡，有很多都是非常流行的主題喔～看起來都很有趣呢！」

「欸，不然我們午休時去圖書館看看投票活動吧。」

原本對看書不感興趣的同學們，開始談論起我們的活動。

圖書館設立的投票箱也不斷地被塞滿了選票。

目前所收到的選票已經到達一百五十票了！正好是全校學生總數的四分之一！

看來大家對活動的反應已經超出我的預期了！

「啊！小圓～！」

當我在圖書館整理書本時，我的同班同學沙也加一行人過來找我。

她們是之前在圖書館被我提醒必須保持安靜的同學。

我感到有點緊張，所以停下手上的工作，先回應她們。

「怎麼了嗎？」

這時沙也加她們一邊東張西望，一邊走進圖書館的櫃台旁。
「啊，是這個對吧？這個是書籍投票活動的投票箱嗎？」
「嗯？」
我有點被她們嚇一跳，所以手裡拿著書就衝到她們身邊。
「是的，沒有錯！妳們是來投票的嗎？」
「對呀。因為我對大家說**妳做的事情很有趣**，所以我們就過來啦～」
沙也加一邊笑一邊看著我。
「走廊那邊不是有一本講時尚流行歷史之類的書嗎？我覺得那很不錯唷。」
「我都不知道有那樣的書！我也好想看看喔～！」
「我也很喜歡那個ＰＯＰ廣告！而且那個是關本同學做的喔。」
說完這句話的同時，我回頭看了看身後。
這時，坐在櫃台的**關本同學**像是突然被嚇一跳般，馬上低頭往下看。
沙加他們一邊笑，一般看著關本同學。

沙也加與她的朋友走到關本同學的旁邊，一邊看著關本同學一邊用很感興趣的口吻說：

「哇～沒想到那個ＰＯＰ廣告是男孩寫的！你是不是也很注意時行時尚啊？」

「嗯……對，還好……」

「那個ＰＯＰ廣告寫得超級好的！我們就是因為那個ＰＯＰ廣告才過來投票的！」

「欸，可不可以多告訴我們那本書的內容？」

「咦……？……嗯，可以是可以………」

關本同學被學姐們團團包圍，所以現在整個人有點戰戰兢兢。

不過，也許是因為她們是在討論書本的事，所以關本同學聊天聊得很自在。

看了這個景象，我高興地忍不住笑了出來。

「小圓學姐～！」

這時那對常來圖書館的二年級女生精神奕奕地走進圖書館了。

「我們想要找新書，請學姐幫幫我們！」

「如果有動物當主角的書就好了～！」

「嗯，當然有囉！我們一起去找書吧！」

幫忙找書後，我滿心喜悅地回去整理書本，這時小詞輕聲地對我說：

「……活動非常成功呢，小圓。」

聽了這些話我，又覺得更開心了。

「我覺得這是小詞的功勞喔。如果你那天沒有帶我去書店，我就不會想到這個點子。所以我也要謝謝你！」

看著圖書館現在明亮熱鬧的景象後，我對著自己打氣說聲：「做得好！」

不過我還不能停止努力，因為「打造出讓每個人都會喜歡的有趣圖書館」的任務，現在才要開始呢。

身為圖書委員長的我，以後就繼續加油吧～！

18 戀情總是讓人猜不透

安靜的黃昏時分，我還在圖書館裡。

由於我與小詞輪到放學時段值班，所以目前我們在進行離校前最後一次的整理。

（好了，所有書架都已經收拾得很整齊，而且也沒有忘了帶走的東西……）

我慢慢地在書架之間穿梭，仔細檢查書架狀況。

圖書館總算是重新開放了，而且也恢復以往的活力。

畢竟我也不希望又出現其他麻煩。

我走到最裡面的書架，然後把每個角落和縫隙都檢查一遍……

「……好了，這邊全部都ＯＫ了，小詞！」

小詞應該在另一邊檢查窗戶是否關好，所以我直接對著小詞的方向喊。

奇怪？怎麼沒回應啊。

接著我打算離開書架所在的區域，往櫃台方向走去。

（呃……然後就是要簽關門紀錄表，再向老師報告——）

當兩側的書架從視線中消失的那一瞬間，我嚇得停下了腳步。

——**眼前看到的是小詞站在窗邊的模樣**。

在夕陽映照下，他的側臉漂亮得讓人窒息。

「……啊，小圓。」

忽然間，小詞發現我走到附近。

「抱歉，我有點在發呆。」

當我們的目光相交時，我的心臟微微地跳動了一下。

「啊……沒這回事！今天你也辛苦了。」

「是啊，小圓也辛苦了。」

小詞又靜靜地笑了。

感覺氣氛與平常有些不同。

總覺得心臟開始不停地跳，雙腳也變得不能走動。

自從與小詞一起去書店後……我就無法單獨跟他平靜說話。

「……那個小詞，我一直想找機會向你道歉。」

終於，我直接把話說了出來。

「那天從書店回家時，我在電車上的態度很奇怪……所以這件事我要向你說聲對不起。因為當時我……聽了安德說的事，才會開始胡思亂想……腦子裡也一片混亂……所以……」

我很著急，所以接二連三地不斷說話，而小詞聽了則是慢慢搖了搖頭。

「我認為小圓沒什麼問題。**倒是我……我才該向妳道歉。**」

咦？

我驚訝地睜大雙眼，看著小詞繼續解釋。

「我明明就在妳身邊，卻很晚才發現……妳煩惱著圖書館遇到的一連串問題，還有妳從安德那裡聽到讓妳煩惱的事……我很後悔自己幫不上妳的忙……**也打從心底深知自己的無能**。要是……我能更早發現妳的煩惱就好了……」

「咦？怎麼會……」

我馬上搖頭否認。

「小詞，但你不是已經幫了我很多忙了嗎？在書本精靈的風波時，請吵鬧的同學安靜，還有我心情不好的時候，帶我去書店。還有圖書館的投票活動，你也一起跟著我準備……」

我拚命說小詞對我的幫助，但小詞的表情依然很陰鬱。

從他的眼神中看得出懷有很深的憂慮，而且還顯得黯淡無光。

然後，我們保持了一陣沉默。

於是我拚命運轉自己的腦袋，想要找些什麼話來講。

「…………啊！對了！我之前就一直很好奇，圖書館被撒滿惡作劇信件那次，**你是怎麼在調查的途中發現犯人的啊？**」

我突然想起這件事，所以直接就發問了。

當時我們為了解決這件事，到處尋找、思考各種線索。

但就在我們缺乏有力線索而不知所措時，只有小詞突然說：「我想我知道兇手是誰了。」

「我一直覺得小詞是不是發現到什麼才會那樣說，畢竟大家一起想，結果還是想不出有什麼線索。」

我一這樣詢問，小詞微笑了起來。

看到小詞成熟的眼神，我的胸口有種揪緊的感覺。

「……請問小圓聽過**『戀愛使人盲目』**這句話嗎？」

小詞小聲地說。

盲目？為什麼戀愛會讓人瞎掉？

「這句話的意思是陷入戀愛的人會產生諸多『思考』。因為太多事情而難以下判斷，結果就像是盲目一樣做出『超出正常範圍』的事情。」

「……戀愛會讓人做出超出正常範圍的事情……？」

小詞說這些我完全沒有概念，只能呆呆地疑惑著，這時他露出了溫柔的微笑。

他繼續說：「**愛情不能用常識來衡量，有時它還會讓我們失去理智**……當我們墜入愛河時，人們的判斷力會出現混亂，任由自己變得情緒化，並且做出平常不會做的行動。當我看到他的眼神時，就大致瞭解為什麼犯人會在我鞋櫃裡放惡作劇信件……**也許這是因為我跟他一樣，心裡藏著相同的感受。**」

和他一樣藏著相同感受？

小詞說的「他」是指惡作劇風波的犯人關本同學吧？

你是否也有和他一樣的感受呢？

和關本同學相同的感受嗎……？

「──小圓。」

小詞叫了我的名字。

他輕柔的聲音傳進我的耳朵，讓我一時之間無法說話。

接著小詞慢慢靠近我。

隨著距離越來越近，我的緊張感也跟著增加了起來。

「……我從來不想做任何讓妳困擾的事情。雖說我心裡知道這一點，但是……」

突然間，小詞的手觸碰到我的臉頰。
我嚇了一跳，身體也隨之僵硬了起來。
「……………」
噗通、噗通
我的心跳聲很大，簡直像是可以直接用耳朵聽到一樣。
這麼近距離盯著我，我會無法呼吸的……！
噗通噗通噗通噗通。

「小圓，我對妳——」

啪躂啪躂啪躂…………**咔啦啦！**
「小圓！」
這時突然吵雜的腳步聲傳了過來，我轉身一看，發現原來是安德帶著小歷、小理、小計向我

跑過來。

「I have a big news！（我有一個**大新聞！**）」

安德興奮地喊道。

於是我眨著眼睛問他：

「咦？發……發生什麼事了？」

有什麼大新聞啊？

安德迅速拿出翻譯機，並且高舉過頭：

「Let's go on a trip to Hawaii together！」

『我們一起去夏威夷旅行吧！』

咦？

「夏……夏威夷？」

什麼？這是什麼意思啊？

我目瞪口呆的當下，小理、小歷、小計三人同時開口對我說：

「安德要招待我們大家一起去夏威夷旅行！」

「聽說是『留學生靈異同好會』的企劃！他要帶我們所有人去夏威夷！」

「這可能是學習英語的**絕佳機會**喔。」

「咦？什麼!?等……等一下！」

這群男孩們看起來開心極了，但我一時之間無法理解他們說的話。

呃……也就是說…**我們要去旅行!?**

是跟這群男孩們一起去!?

而且還是**出國!?**

「出國旅行未免也……太讓人驚訝了。」

小詞張大眼睛呆看著我。

但我用更加倍大的眼睛回看著他，直挺挺地站在原地發呆。

我可是從出生到現在沒離開過日本耶……！

「夏夏夏夏……夏威夷……!?」

我腦袋一片空白，無法跟上這個話題。

海外、旅行、夏威夷……

還有……嗯、嗯……

……**夏威夷是什麼？**

夏威夷位於太平洋，是美國所屬的一州喔。從日本坐飛機過去大約需要八小時至九小時。最令人驚訝的是跟日本的時差有十九小時喔！

後記

大家好，我是一之瀨三葉！

這次我講到了小圓在校內委員會努力工作的故事。說到這裡，各位現在有沒有擔任委員會成員的經驗呢？（又或者是曾經擔任過任何班級幹部呢？）

順便說一下，我上小學時是「植栽委員會」的成員（不過其他學校可能也會稱為「綠化委員」吧？）

我當時負責照顧花圃裡的植物，還要種植絲瓜……對喜歡植物的我來說，實在是很開心的活動。

我最有印象的就是教室門口旁邊還種了一棵叫作「水杉」的樹，那棵樹還成了代表學校的標誌。我記得很清楚，那是一棵比四層樓建築都還高的樹木喔！

我到現在都還記得自己被那個超大樹根絆倒的美好回憶（笑）。

如果各位有「我在委員會執行過某某活動喔！」或是「我們學校有很稀奇古怪的委員會！」

「如果有這種委員會就好了！」等等……這類有趣的校內委員會小故事，請一定要寄信過來跟我們分享喔！

從第六集開始加入的新成員安德，讓我們《倒數計時！學科男孩》這個系列變得更加精采可期。而在第八集的發展就更不得了，沒想到小圓一行人離開日本後，將在夏威夷大鬧特鬧!?充滿歡笑、淚水和令人揪心（!?）的故事即將隆重展開！

請大家拭目以待喔！

好了，我們下次的故事再見吧。

下回預告

小圓

小圓
（唉……戀愛這種事好難懂喔。）

小理

安德，你能抽中夏威夷旅行真的好厲害喔！

安德

（我們一起去旅行吧，小圓。）

小歷

那我們得快點準備好旅行的東西才行。
小計，我們一起把該帶的東西列成清單吧！

小計

……！喔，好。的確該這麼做。

小圓

（……小計他是怎麼了？）

讓人興奮又期待的國外旅行！
而且也絕對要解開男孩們的壽命之謎！
靈異同好會，
以及跟鯉住先生也捲進來所產生的風波！？
還有事態竟然往意想不到的
方向發展……！！？

敬請期待《倒數計時！學科男孩》第八集！

關於作者

一之瀨三葉

西元 1989 年 4 月 22 日出生於東京，O 型金牛座。2015 年，《突擊！地獄頻道（暫譯）》獲得「第四屆角川翼文庫小説賞」後開始正式踏入職業寫作的行列。主要的作品包括《空之色計畫（暫譯）》系列（角川翼文庫）、《怪盜 JET 組（暫譯）》系列（集英社未來文庫）等。最喜歡邊工作邊吃脆梅。

繪者簡介

榎能登

漫畫家、插畫家。主要的作品是《我們談戀愛還太早了！（暫譯）》（ZERO-SUN COMIC）、《我家小玉？!（暫譯）》（漫畫／改編卡通）。

譯者簡介

王榆琮

熱愛日本的理工人，致力於翻譯工作，擅長日本次文化、居家醫療、歷史、奇幻等主題。希望未來可以引介更多日本文化給同樣熱愛日本的人們。譯有《醫學級肺部鍛鍊法》、《倒數計時！學科男孩》系列等書。

倒數計時！學科男孩⑦——戀愛與突發事件委員會

作　者——一之瀨三葉
繪　者——榎能登
譯　者——王榆琮
主　編——王衣卉
校　對——陳怡璇
行銷主任——王綾翊
書籍設計——evian
書籍排版——唯翔工作室

總編輯——梁芳春
董事長——趙政岷
出版者——時報文化出版企業股份有限公司
108019台北市和平西路三段二四〇號
發行專線—（〇二）二三〇六六八四二
讀者服務專線—〇八〇〇二三一七〇五
（〇二）二三〇四七一〇三
讀者服務傳真—（〇二）二三〇四六八五八
郵撥—一九三四四七二四時報文化出版公司
信箱—一〇八九九台北華江郵局第九九信箱

時報悅讀網——http://www.readingtimes.com.tw
電子郵件信箱——yoho@readingtimes.com.tw
法律顧問——理律法律事務所　陳長文律師、李念祖律師
印　刷——勁達印刷有限公司
初版一刷——二〇二四年七月十二日
初版三刷——二〇二四年九月十六日
定　價——新台幣三三〇元

時報文化出版公司成立於一九七五年，
並於一九九九年股票上櫃公開發行，
於二〇〇八年脫離中時集團非屬旺中，
以「尊重智慧與創意的文化事業」為信念。

倒數計時！學科男孩7——戀愛與突發事件委員會／一之瀨三葉文；榎能登圖. -- 初版. -- 臺北市：時報文化出版企業股份有限公司, 2024.07

272面；14.8×21公分

ISBN 978-626-396-461-7（平裝）

861.59　　112003821